KB240779

금오신화

베스트셀러고전문학선3

금오신화

펴낸날 | 2003년 10월 10일 초판 1쇄

지은이 | 김시습
펴낸이 | 이태권
펴낸곳 | 소담출판사
　　　　서울시 성북구 성북동 178-2 (우)136-020
　　　　전화 | 745-8566　　팩스 | 747-3238
　　　　E-mail | sodam@dreamsodam.co.kr
　　　　등록번호 | 제2-42호(1979년 11월 14일)

ⓒ 소담, 2003
ISBN 89-7381-767-1 03810
　　　89-7381-775-2 (세트)
● 책 가격은 뒤표지에 있습니다.

www.dreamsodam.co.kr

베스트셀러고전문학선 3

금오신화

김시습 지음

소담출판사

책 을
펴 내 며

고려대학교인문대학장 설중환.

　고전문학작품이란 말 그대로 예로부터 전해 내려오는 훌륭한 작품들을 말한다. 이는 우리 조상들이 생활하면서 생각하고 느낀 모든 것들이 깃들어 있는 '보물창고' 라 할 수 있다.

　흔히 21세기는 인간과 문화가 가장 큰 화두가 될 것이라고들 한다. 근대에 들어 지금까지 기계화와 산업화와 정보화에 매달려 온 인간들은 어느새 스스로의 참모습을 잃어버리고 말았다. 나를 잃어버린 것이다. 우리가 길을 잃으면 어떻게 해야 할까. 다시 원래의 출발점으로 되돌아가는 것이 가장 빠른 길이 아닐까.

　고전문학은 우리들을 새로운 출발점으로 안내할 것이다. 고전문학은 오염되지 않는 지혜의 보고로 항상 우리 곁에 남아 있기 때문이다. 현대인들은 다시 고전으로 되돌아가야 한다. 그 속에서 우리는 우리의 본래 모습을 되찾을 수 있을 것이다.

　이번에 새로이 기획한 〈베스트셀러 고전문학선〉은 오늘날 한국인들이 꼭 읽어보아야 할 주옥 같은 작품들을 수록하였다. 특히 모든 사람들이 쉽게 읽을 수 있도록 평이하게 편집하였다. 또한 책의 뒤에는 저자와 작품에 대한 자세한 정보뿐만 아니라 각 작품들 안에서 독자들이 생각해 볼 수 있는 점들을 첨부하였다. 독자들은 이를 통해 더 깊은 고전의 세계를 맛볼 수 있을 것이다.

　모든 사람들이 고전작품을 통해서 한국인의 정체성을 되찾고, 참 한국인으로 살아갈 수 있다면 그보다 더 반가운 일은 없을 것이다.

일 러 두 기

1. 선정된 작품은 한국 고전 소설사의 대표적 작품들로서 현행 고등학고 검인정 문학 8종 교과서에
   실린 작품 외 개별 작가의 대표적 작품을 중심으로 엮었다.
2. 방언은 살리되 의미 전달을 위해 되도록 현대표기법을 따랐다.
3. 띄어쓰기는 개정된 한글맞춤법에 따랐다.
4. 대화는 " "로, 설명이나 인용, 생각, 독백 및 강조하는 말은 ' '로 표시하였다.
5. 본문에 나오는 향가나 가사 등은 서체를 다르게 했다.
6. 각주는 원주와 역주를 구분하지 않았다.
7. 본 도서는 대입수능시험은 물론 중·고교생의 문학적 소양 및 교양 함양을 위해 참고서식 발췌
   수록이 아닌 되도록 모든 작품의 전문을 수록하였다.

차 례

萬福寺樗蒲記

만복사저포기

전라도 남원(南原) 땅에 양생(梁生)이 살았다. 양생은 일찍 부모를 여의고 나이가 늦도록 장가를 들지 못하여, 만복사(萬福寺)[1] 동쪽 구석방에서 쓸쓸히 세월을 보내고 있었다.

방문 앞에는 배나무 한 그루가 서 있었다. 바야흐로 봄이 되자 배나무가 꽃을 활짝 피워, 뜰 안은 온통 백옥의 세계와도 같이 환하였다.

양생은 달이 떠오르는 밤이면 언제나 객회(客懷)[2]를 이기지 못하고 나무 밑을 거닐곤 하였다. 어느 날 밤이 되자 역시 외로움을 견디지 못하여 문득 시를 지어 읊었다.

한 그루의 배꽃나무 외로움에 벗을 삼으니
휘영청 달 밝은 밤 시름이 많기도 많다.

[1] **만복사(萬福寺)** 남원 기린산(麒麟山)에 있던 절.
[2] **객회(客懷)** 객지에서 느끼는 외롭고 쓸쓸한 심정.

푸른 꿈 홀로 누운 고요한 들창으로 들려 오는 퉁소 소리
어느 님이 불고 있나?

외로운 저 비취(翡翠) 짝을 잃어 날아가고
원앙도 맑은 물에 홀로 노니는데,
어느 처녀에게 마음을 두고
하염없이 바둑이나 두는구나.
등불은 가물가물 이내 신세 점을 치누나.

양생이 시(詩)를 다 읊고 나니 공중에서 별안간 말소리가 들렸다.

"자네가 진정으로 좋은 짝을 얻고자 하면 어려울 게 무엇 있으리오."

이 말을 듣고 양생은 속으로 무척 기뻐하였다.

이튿날은 마침 삼월 이십사일이었다. 해마다 이날이 되면 마을의 많은 처녀, 총각들이 만복사를 찾아와 향불을 피우고 자기 소원을 비는 풍습이 있었다.

다음날 양생은 저녁에 기도를 끝내고 법당에 들어가 소매 깊이 간직하고 갔던 저포(樗蒲)[3]를 꺼냈다. 저포를 불전(佛前)에 던지기 전에 먼저 소원을 비는 기도부터 드렸다.

"자비로운 부처님, 오늘 저녁에 제가 부처님과 저포놀이를 하려 합니다. 만약에 제가 진다면 법연(法筵)[4]을 차려 부처님께 갚아드릴 것이고, 부처님께서 지시면 반드시 어여쁜 여인을 얻게 해주소서."

[3] **저포(樗蒲)** 호인(胡人)이 점을 칠 때 쓰던 것인데, 여기서는 사목(四木)의 노름인 윷을 말함.
[4] **법연(法筵)** 불법을 강의하는 모임.

양생이 축원을 마치고 즉시 저포를 던졌다. 소원대로 이기게 되자 양생은 무척 기뻐하며 양생이 다시 불전에 꿇어앉아 말씀을 드렸다.

"부처님이시여, 꽃다운 인연이 이미 정해졌으니 부디 소홀히 하지 마시옵소서."

이윽고 양생은 불좌(佛座) 뒤에 숨어 동정을 엿보았다. 얼마 지나지 않아 과연 처녀 하나가 들어왔다. 열대여섯 살쯤 되어 보이고, 새까만 머리에 화장을 곱게 한 얼굴이 마치 채운(彩雲)[5]을 타고 내려온 월궁의 선녀와 같았다. 자세히 보면 볼수록 너무나 곱고 얌전하였다.

처녀는 백옥 같은 손으로 등잔에 기름을 부어 불을 밝히고 향로에는 향을 꽂고 세 번 절을 하였다. 그러고 나서 꿇어앉아 슬피 탄식하였다.

"아, 인생이 박명하다지만 어찌 이와 같을 줄 알았으랴?"

처녀는 품안에 간직한 축원문을 꺼내 삼가 불탁(佛卓) 위에 놓고 또다시 흐느껴 울었다. 이 모습을 엿보고 있던 양생은 방탕한 정서를 걷잡지 못하여 갑자기 불좌 뒤에서 튀어나오며 말하였다.

"아가씨, 당신은 대관절 누구이며, 방금 불전에 바친 글은 무엇이오?"

양생은 처녀의 대답을 기다리지 않고 곧장 불전에 바친 글을 집어들었다.

〈모 고을 모 동리에 사는 소녀 아무개가 외람됨을 무릅쓰고 부처님

---

[5] **채운(彩雲)** 여러 가지 고운 빛깔을 띤 구름. 꽃구름.

께 고하옵니다. 얼마 전 변방이 허물어져 도적들이 노리더니 마침내 왜구(倭寇)가 침입해 오는 바람에 봉화를 들고 전투를 계속하였습니다. 왜구가 건물을 파괴하고 백성들을 노략질하여, 소녀의 친척과 노복이 사방으로 정처없이 분산되었습니다. 버드나무같이 가냘픈 소녀의 몸이라 먼 길 피난 가기 여의치 못하여 심규(深閨)에 숨어들어 금석같이 정절을 지켰사옵니다. 야속한 우리 부모 이 여식의 수절을 과히 그르지 않다 여겨 벽지(僻地)에 옮겨 두어, 초야(草野)에 묻혀 살기를 속절없이 삼 년이 지났습니다. 달 밝은 가을밤, 꽃피는 봄동산, 들구름 흩날리고 흐르는 물이 처량할 때, 그윽한 골짜기에서 평생 박명이 한숨에 겨워 때때로 님을 그려 채란(彩鸞)의 외로운 춤을 슬퍼하였지만, 세월이 흐르고 흘러 계절이 바뀌니 서러운 간장 다 녹이고 혼백마저 흩어졌나이다. 자비하신 부처님, 이 소녀를 불쌍히 여기시어 각별히 돌보아 주시옵소서. 인간의 한평생은 수명이 정해져 있고, 부부의 백년가약을 어길 수는 없사오니, 아무쪼록 꽃다운 배필을 정해 주시기를 간절히 바라옵니다.〉

양생은 이 글을 다 읽고 얼굴에 기쁨을 가득 띠며 말하였다.
"아가씨, 당신은 도대체 누구시기에 이 밤에 여기까지 오셨소?"
처녀가 대답하였다.
"소녀도 역시 사람입니다. 저를 의아한 눈으로 보지 마십시오. 당신도 다만 좋은 배필을 얻으시려는 것이겠지요?"

이때 만복사는 이미 퇴락(頹落)[6]하여 승려들은 한쪽 구석진 방에 옮겨가 있었고, 법당 앞에는 행랑만이 쓸쓸히 남아 있었다. 행랑이 끝난 곳에는 좁다란 방이 하나 있었다.

양생은 처녀에게 그곳에 들어가자고 눈짓을 하였다. 처녀는 별로 망설이는 기색도 없이 양생의 뒤를 따라 들어가 두 사람은 운우(雲雨)[7]의 정(情)을 나누었다.

바야흐로 밤이 깊어가고 달이 동산에 떠올랐다. 그때 그림자가 창을 비추더니 갑자기 창 밖에 발걸음 소리가 들려왔다. 처녀가 문을 열고 내다보니 수발을 드는 시녀(侍女)였다. 처녀는 반가워 냉큼 물었다.

"어떻게 여기를 찾아왔느냐?"

시녀가 말하였다.

"평소에는 문밖에도 나가시지 않던 아가씨가 오늘은 보이지 않아 허둥지둥 찾아 이곳까지 오게 되었사옵니다."

처녀가 다시 말하였다.

"오늘 일은 결코 우연이 아니로다. 높으신 하느님과 자비로우신 부처님께서 점지해 주신 덕에 고운 님을 맞이하여 백년해로의 가약을 맺게 되었다. 미처 알리지 못한 건 예도에 어그러지나 꽃다운 인연을 맺게 된 건 평생의 기쁨이다. 너는 의아하게 생각지 말고 빨리 돌아가 주연을 갖추어 오너라."

---

6. **퇴락(頹落)** 무너지고 떨어짐.
7. **운우(雲雨)** 남녀간 육체적인 어울림을 비유하는 말.

시녀는 지시를 받고 물러갔다가 얼마 지나지 않아 다시 돌아와 뜰에서 잔치를 준비하였다. 밤은 벌써 사경(四更)[8]이 가까웠다. 양생이 가만히 살펴보니 탁상에 놓인 기명(器皿)[9]이 희고 무늬가 없으며 술잔에서는 야릇한 향기가 풍기는데, 아무리 생각해도 인간의 솜씨가 아니었다.

양생은 속으로 괴이하게 여겼으나, 처녀의 말씨와 웃음소리가 맑고 얼굴과 몸가짐이 매우 얌전하여, 어느 귀족집 처녀가 한때의 정서를 걷잡지 못하여 황혼의 가약을 찾아온 것이라고 짐작하며 마음을 진정시켰다.

처녀는 양생에게 술잔을 올리며 시녀에게 권주가 한 가락을 부르도록 명하였다.

"이 아이는 옛날 곡조밖에 모른답니다. 그러니 당신이 노래를 하나 지어 이 아이에게 부르게 하면 대단히 기쁠 것이옵니다."

이에 양생이 흔쾌히 승낙하고 곧 만강홍(滿江紅)[10] 가락으로 한 곡조를 지어 시녀에게 부르게 하였다.

쌀쌀한 찬바람이 불어 명주 적삼 흩날리고
애달프다, 몇 번이나 향로의 불이 꺼졌더냐?
가물고 저문 구름 일산(日傘)처럼 퍼졌을 때
비단 장 속의 원앙 이불 누가 와서 노닐 것인가?

금비녀 반 꽂은 채 퉁소나 불어 보세.
덧없구나 저 세월은 어이 그리 흘러
봄이라 깊은 시름 둘 곳이 전혀 없고
가물가물 타는 등불 낮은 병풍을 두른 속에
나 홀로 눈물지어도 그 누가 돌보던고.
아 기쁘도다, 오늘밤에는 봄바람이 소식 전해
첩첩 쌓인 천고(千古)의 원한 봄눈같이 다 녹았네.
금루곡(金縷曲)[11] 한 가락을 잔을 잡고 멋지게 불러
느꺼운 옛일을 거듭 슬퍼하노라.

노래를 부르고 나자 처녀는 애조를 띠면서 말하였다.

"당신을 좀더 일찍 만나지 못한 게 못내 한스럽지만 그래도 오늘 여기에서 만나게 되었으니 어찌 천행이 아니겠사옵니까? 당신이 저를 진정으로 사랑해 주시면 비록 미약한 몸이오나 당신과 함께 백년 고락을 누려 볼까 하옵니다. 그러나 당신이 저를 버리신다면 저는 이날 이후 영원히 자취를 감추겠나이다."

양생은 이 말을 듣고 한편으로는 놀랍고 다른 한편으로는 고맙게 생각되었다.

"당신의 진지한 태도에 어찌 공명하지 않겠소?"

양생은 처녀의 태도가 범상치 않아 유심히 동정을 살폈다. 마침 서쪽 산봉우리에 달이 걸치고 먼 마을에서 닭 우는 소리가 들려왔다. 이윽고 절에

---

11. **금루곡(金縷曲)** : 옛 곡조의 이름.

서 들려오는 새벽 종소리에 날이 새려고 하자 처녀가 시녀에게 명하였다.

"주연을 거두어 서둘러 집으로 돌아가거라."

시녀가 곧 어디론가 사라지자 처녀가 양생에게 말하였다.

"둘의 꽃다운 인연이 이미 맺어졌으니 저는 당신을 모시고 집으로 돌아갈까 하옵니다."

양생이 쾌히 승낙하여 처녀의 손을 잡고 길을 나섰다. 저자 거리를 지날 때에는 벌써 울타리 밑에서 개가 짖고 사람들이 길에 나다녔다. 그렇지만 이상하게도 양생이 처녀와 함께 걸어가는 걸 보는 이가 한 사람도 없었다.

사람들은 한결같이,

"새벽부터 혼자서 어딜 다녀오시오?" 하고 물을 뿐이었다.

"어젯밤 만복사에 갔다가 대취하여 누웠다가 방금 벗을 찾아가는 길입니다."

양생은 이렇게 대답하고 처녀의 뒤를 따라 깊은 숲을 헤치고 들어갔다. 이슬이 길을 흠뻑 덮어 갈 길이 아득하였다.

양생은 더욱 의아하게 생각하며 물었다.

"당신이 거처하는 곳은 어찌하여 이렇게 쓸쓸하오?"

이에 처녀가,

"노처녀의 살림살이란 게 대개 그렇사옵니다."하고는 문득 옛 시 한 장(章)을 외웠다.

이슬 함초롬한 저 길가 초저녁에 가고 싶었지만

그 어인 이슬이 이다지 많아 그 소원 조차 아니 되는가.

양생도 옛 시 한 장을 읊어 화답하였다.

느릿 느릿 저 여우 다리 위를 거닐며
정든 처녀 노리려고 미친 녀석 멋모르고 설렁이네.

두 사람은 서로 웃으며 개녕동(開寧洞)으로 향하였다. 어느 한곳에 이르니 다북쑥이 들을 덮고 참천(參天)[12]한 고목 속에 정쇄(精灑)한 수간 초당(草堂)[13]이 나타났다. 양생은 처녀가 이끄는 대로 안으로 따라 들어갔다.

방 안에는 침구와 휘장이 잘 정리되어 있었다. 밥상을 올리는데 모든 음식이 어젯밤 만복사에서 보았던 차림과 똑같았다. 양생은 무척 기쁜 마음으로 이틀을 유유히 보냈다.

시녀는 얼굴이 매우 아름답고 조금도 교활한 면이 없었다. 좌우에 진열되어 있는 그릇들은 깨끗하고 품위가 있어 양생은 의아한 마음을 금할 수 없었다. 그러나 처녀의 은근한 정에 마음이 끌려 다시금 그런 생각을 되풀이하지는 않았다.

어느 날 처녀가 양생에게 물었다.

"당신은 잘 모르시겠지만 이곳의 사흘은 인간세상의 삼 년과 같은 세월

---

^{12.}**참천(參天)** 하늘을 찌를 듯 높이 솟아 있음.
^{13.} **초당(草堂)** 짚이나 억새로 지붕을 이은 조그만 집.

이옵니다. 가연을 맺은 지가 잠깐인 듯하오나 실은 오래 되었사오니 서운하긴 하오나, 당신이 다시 인간세상으로 돌아가셔서 옛날 살림을 돌보시는 게 어떻겠습니까?”

양생이 놀라 물었다.

“이별이라니 갑작스레 웬 말이오?”

“오늘 못다 이룬 소원은 내세에 다시 만나 다 이룰 수 있사옵니다. 그러하오니 소녀의 친척과 이웃들을 만나보고 바로 떠나시는 게 어떠하옵니까?”

양생이 마지못해 대답하였다.

“그렇게 하시구려.”

처녀는 시녀를 시켜 친척과 이웃들을 초대하였다.

이날 초대를 받아 온 정씨(鄭氏), 오씨(吳氏), 김씨(金氏), 유씨(柳氏) 등 네 명의 처녀는 모두 귀족의 딸인지라, 성품이 온유하고 풍류가 소쇄(瀟灑)[14]하고 시문에 능통하였다.

네 처녀들은 각기 시 네 수를 지어 양생을 전송하려 하였다. 맨 처음 정씨가 읊는데, 낭랑한 목소리에 구름같이 쪽찐 머리채가 귀밑을 살짝 뒤덮고 있는 매우 활달한 성품을 가진 처녀였다.

---

[14] **소쇄(瀟灑)** 상쾌함. 또는 산뜻하고 깨끗함.
[15] **비익조(比翼鳥)** 암컷과 수컷이 각각 눈이나 날개가 하나씩이라 짝을 짓지 않으면 날지 못한다는 전설상의 새. 남녀의 정을 비유하는 말.

봄이라 꽃피는 밤 달빛마저 꽃다운데
내 시름 그지없어 달님아 물어 보자.
이 몸이 비익조(比翼鳥)[15] 된다면
푸른 하늘에 님과 함께 날개를 펴고 날리라.

칠등(漆燈)[16]도 참참한데 밤은 어이 그리 깊어
북두성 가로 비쳐 달빛도 처량할때
슬프도다, 저승길을 뉘라서 쫓아오리.
다북한 쪽찐 머리 단장도 옛일이라.

내 님을 믿을쏘냐 백년가약 속절없네.
봄바람 살랑 불어 베갯머리 스치는데
원앙새 눈물 자국 몇 군데나 젖었던가.
산비[山雨]도 무심하구나, 만정(滿庭) 이화(梨花) 다 지겠다.

꽃다운 청춘이라 하염없이 지내려니
쓸쓸한 이내 마음 밤이 되면 잠 못 이뤄,
남교(藍橋)에 지나는 객 님인 줄 몰랐다니,
언제나 좋은 기약 고운 님을 만나볼까.

이어서 오씨가 부드럽게 쪽찐 머리에 애교를 띤 얼굴로 풍정(風情)을 걷
잡지 못하여 뒤를 이어 읊었다.

만복사에 향 올리고 돌아오던 밤
가만히 던진 저포 소원이 무엇이오?

<hr>

16. **칠등(漆燈)** 무덤 속에 켜는 등불.

꽃피는 봄가을 달에 그지없는 이 원한
님 주신 한잔 술에 지그시 다 녹아라.

복숭아 붉은 볼에 새벽 이슬 젖건 마는
그윽한 골짜기라 나비 조차 아니 오네.
기뻐라, 님의 동산 꽃다운 잔치 로다.
새 곡조 부르려 하니 이 술 한잔 받으시오.

해마다 오는 제비 오늘도 날건 마는
님의 소식 애끊는 줄 몰라라.
부러운 저 부용(芙蓉)은 꼭지 나마 나란히
지당(池塘)[17]에 밤이 드니 함께 목욕하는구나.

푸른 산 섬돌 위에 높이 솟은 다락 하나
연리지(連理枝)[18]에 열린 꽃은 해마다 붉건 마는
어이 하랴, 인생 백 년 저 꽃과 같지 않아
한 많은 이 청춘 눈물만 고이노라.

이윽고 김씨가 얼굴빛을 바르게 하고 위엄 있는 모습으로 붓을 잡더니 앞에 읊은 두 시의 음탕함을 책망하였다.

"오늘 모임은 다만 이 자리의 흥을 읊을 따름인데 어찌 각자의 방탕한 정서를 베풀어 처녀의 정조를 잃고, 저 귀하신 손님으로 하여금 이 소식을 인간에 전하려 하시오?"

[17] **지당(池塘)** 연못.
[18] **연리지(連理枝)** 한 나무의 가지가 다른 나무의 가지와 맞닿아 결이 서로 통한 것. 화목한 부부 또는 남녀 사이를 말함.

말을 마친 김씨가 곧 낭랑한 목소리로 시를 읊었다.

밤 깊어 오경이라 접동새 슬피 울고
북두성 비껴 은하수 아득할 때,
애끓는 옥퉁소 다시는 불지 마오.
한가한 이 풍경 속인이 알까 두렵네.

흐뭇하도록 금잔에 부으리다, 익은 술을
취하도록 받으시오, 술이 많다 사양 마오.
내일 아침 저 동풍이 사납게 불면
한 토막 푸른 꿈을 내 어이하려는지.

초록빛 얇은 소매 부드럽게 드리우고
풍류 겨워 잔잡으니 한 잔 부어 또 한 잔
맑은 흥취 다할쏘냐, 님 여의지 마옵소서.
다시금 새로운 말로 새 곡조를 지으리라.

구름 같은 파란 머리 진토 되어 몇 해인가
그립던 님을 만나 오늘 한번 웃는구나.
신기하다 자랑 마소, 운우의 좋은 꿈을
풍류에 젖은 그 일을 속인이 알까 두렵구나.

마지막으로 얼굴이 비록 화려하지는 않지만 깨끗한 소복을 입고, 일찍
규중의 모훈(母訓)을 받은 여성인 유씨가 조용히 침묵을 지키다, 자기 차
례가 되자 한번 살짝 웃고 나서 시를 읊었다.

금석같이 굳센 정조 지켜 온 지 몇 해인가.

옥같이 고운 얼굴 구천에 깊이 묻혀

그윽한 봄밤이면 월궁(月宮) 항아(姮娥)[19] 벗을 삼아

계수나무 꽃그늘에 홀로 졸고 있었구나.

우습구나 도리화(桃李花)는, 봄바람도 좋다마는

어이하여 남의 동산 임자 없이 날고 있나.

한평생 이내 절개 가실 줄이 있으랴.

백옥 같은 내 마음 더러워질까 두렵구나.

연지도 싫은데 머리는 다북쑥이고

향내 감춘 경대 속에는 이끼마저 피려 하네.

아아 슬프다, 오늘 아침 남의 집 잔치에 가

머리 위 붉은 꽃을 보기만 해도 부끄러워라.

기뻐라 아가씨여, 그립던 님을 맞아

백년해로 꽃다운 천정(天定)하신 이 인연을

월로(月老)[20]의 붉은 실에 금슬 더욱 자별하여

바라건대, 두 사람은 양홍(梁鴻) 맹광(孟光)[21]되옵소서.

처녀는 유씨가 읊은 시의 마지막 장을 듣고 나서 앞으로 나와 말하였다.

"소녀는 비록 보잘것없는 몸이지만 자획 분별은 하오니, 어찌 홀로 아무런 소감이 없겠사옵니까?"

19. **항아(姮娥)** 달에 산다는 전설상의 선녀. 상아(嫦娥).
20. **월로(月老)** 인간의 혼사를 맡아 본다는 신인(神人). 월하노인의 줄인 말.
21. **맹광(孟光)** 양홍과 맹광은 후한(後漢)시절 현부부(賢夫婦)로 유명함.

처녀는 곧 시 한 편을 지었다.

개녕동 깊은 골에 꽃잎이 피고 지는데,
봄 시름 움켜 안고 한숨만 못내 겨워
아득한 초협(楚峽)[22] 구름 속에 고운 님 여의고
상강(湘江)[23] 대밭 속에 눈물을 뿌리더니,
갠 강 따뜻한 날 원앙은 쌍을 찾고
푸른 하늘 구름 걷히어 비취새 노니는구나.
님아, 맺음이 어떠하오? 굳고 굳은 동심결(同心結)[24]을
바라건대 비단 부채는 맑은 가을 원망 마오.

양생도 또한 문장에 능통한 재사(才士)였지만, 처녀들의 시법(詩法)이
맑은 데다 음운(音韻)도 향양(向陽)함을 보고 칭찬을 아끼지 않았다. 곧 이
어 양생도 시 한 편을 지어 화답하였다.

이 밤이 어떠한 밤인가, 고운 님을 기쁘게 맞았네.
꽃처럼 아리따운 얼굴, 앵두처럼 새빨간 입술
여기에 문장이 더욱 교묘하니 아마도 천고에 짝이 드물 것이네
직녀가 북을 던지고 인간에 내렸는가,
월궁 항아는 공이를 버리고 이곳을 찾았구나.
말쑥하게 꾸민 단장 술잔을 드날린다.
운우의 즐거움이 익숙하지 못할망정
술 마시고 시 읊으니 유쾌함이 한없구나.
기뻐라, 내 짐짓 봉래섬을 찾아들어

---

22. **초협(楚峽)** 중국 초나라 양왕(襄王)이 꿈에 신녀(神女)를 만났던 곳.
23. **상강(湘江)** 중국 순(舜) 임금이 죽자 두 아내가 몸을 던져 따라 죽었다고 하는 강.
24. **동심결(同心結)** 부부 사이에 변심이 생기지 않기를 맹세하며 맺은 실.

신선이 여기 있느냐 풍류도(風流徒)를 만났구나.
이름난 술잔에 술이 가득 찼고 금향로에 안개 피어
백옥상(白玉牀) 솟은 앞에 매운 향내 나부끼고,
푸른 비단 숙설간(熟設間)에 실바람이 살랑살랑
어즈버, 님을 모셔 이 잔치를 열게 되니
하늘에는 오색 구름 더욱 찬란하여라.
아아 님이시여, 옛일을 생각하라
문소(文簫)는 채란을 사랑했고 장석(張碩)은 난향을 만났다오.[25]
인생의 어우름은 반드시 인연이라
마땅히 잔을 들고 해로하기로 맹세하리라.
님이시여, 가벼이 말씀 마오. 가을철에 부채라니요?
저승에서 거듭 만나 백년가약 맺어 두고
아침 꽃 저녁 달에 끊임없이 노닐려오.

술을 다 마시고 나자 이제 헤어질 때가 되었다. 처녀는 은잔 하나를 꺼내 양생에게 주며 말하였다.

"내일 부모님께서 저를 위해 보련사(寶蓮寺)[26]에서 음식을 베푸실 것이옵니다. 당신이 저를 진정으로 버리지 않는다면 도중에 기다렸다 함께 부모님을 뵙는 게 어떻겠습니까?"

양생이 대답하였다.

"그렇게 하리다."

<hr>

25. **문소(文簫)는 채란을 사랑했고 장석(張碩)은 난향을 만났다오** 문소가 여선(女仙) 오채란(吳彩鸞)을 만난 고사와 선인(仙人) 장석과 두난향(杜蘭香)이 만난 고사.

26. **보련사(寶蓮寺)** 남원부(南原府) 서쪽 보련산에 있었다고 하나 자세한 건 알 수 없음.

양생은 이튿날 처녀의 당부대로 은잔을 가지고 보련사로 가는 길가에 숨어 기다렸다. 과연 어떤 양반 한 분이 딸의 대상(大祥)[27]을 치르려고 수레와 말을 끌고 보련사를 향해 가고 있었다.

그 양반을 따르는 마부가 한 서생이 은잔을 가지고 서 있는 것을 보고 주인에게 여쭈었다.

"우리 아가씨 장례 때 광중(壙中)에 같이 묻었던 은잔을 벌써 어떤 사람이 훔쳐서 인간 세상에 나타났사옵니다."

그러자 주인이 물었다.

"그게 무슨 말이냐?"

마부가 대답하였다.

"저 서생이 가진 걸 보시옵소서."

양반은 타고 가던 말을 즉시 멈추고 양생에게 가까이 다가가 은잔을 갖게 된 경위를 물었다.

양생은 그 전날 처녀와 약속한 일을 빠짐없이 그대로 전하였다.

양반은 놀랍고 의아하여 한참을 멍하니 서 있다가 비로소 입을 열었다.

"내 팔자가 불행하여 슬하에 오직 여식 하나밖에 없었는데, 왜구 난에 그마저 빼앗겼네. 미처 정식 장례를 치르지 못하고 개녕사(開寧寺) 곁에 묻어두고 머뭇거리다 오늘까지 이르렀네. 그러다 보니 오늘이 벌써 대상인지라 부모 된 도리로 보련사에서 재(齋)나 베풀어 볼까 해서 가는 길이

---

[27] **대상(大祥)** 죽은 지 두 해째 되는 날에 지내는 제사.

라네. 자네가 정말 그 약속대로 하려면 조금도 의아하게 생각지 말고 여식을 기다려 함께 오게."

말을 마친 양반이 먼저 보련사로 향하였다. 양생은 혼자 서서 처녀를 기다렸다. 과연 약속했던 시간이 되자 처녀가 시녀를 데리고 도착하였다. 두 사람은 서로 만나 반갑게 손을 잡고 절로 향하였다.

처녀는 먼저 절 문을 지나 법당에 올라가 부처님께 예를 드리고 곧 휘장 안으로 들어갔다. 그러나 처녀의 친척들과 승려들 중에서 처녀를 본 사람은 하나도 없었다. 다만 양생만이 그 뒤를 따를 뿐이었다. 처녀가 양생에게 물었다.

"저녁밥을 드시렵니까?"

양생이 대답하였다.

"그럽시다."

양생은 그 부모님께 이 말을 전하였다. 그들은 양생의 말이 믿어지지 않아 휘장 속을 엿보았다. 그러나 딸의 얼굴은 보이지 않고 다만 수저 소리만 쟁쟁하게 들릴 뿐이었다. 그들은 경탄하여 휘장 속에 침구를 마련하고 양생에게 딸과 동침할 것을 권하였다.

밤중이 되자 과연 말소리가 고요하게 흘러나왔다. 그러나 엿들으려고 귀를 기울이면 소리가 갑자기 끊어져 버리고는 하였다.

처녀가 말하였다.

"이제 당신께 차근차근 말씀드리옵니다. 제 행동이 예법에 어긋난 건 저도 잘 알고 있습니다. 저도 어렸을 적에 시서(詩書)를 읽었으므로 예의는 어느 정도 아옵니다. 시경(詩經)에서 말한 건상(蹇裳)[28]과 상서(祥鼠)[29]의 뜻을 모르는 건 아니지만 너무 오랫동안 들판 다북쑥 속에 묻혀 있어서, 정회 한번 나자 도저히 걷잡지 못하여 박명을 자탄하였사옵니다. 그랬더니 뜻밖에 삼세(三世)[30]의 인연을 만나 당신의 동정을 알게 되었고, 백 년의 높은 절개를 바쳐 술을 빚고 옷을 기워 평생 지어미의 길을 닦으려 하였사오나, 애달프게 숙명적인 이별을 저버릴 수 없어 한시바삐 저승길을 떠나야겠사옵니다. 운우는 양대(陽臺)에서 개고 오작(烏鵲)은 은하에서 흩어지옵니다. 이제 한 번 하직하면 훗날을 기약할 수 없사오니, 헤어짐에 임하여 아득한 정회 무어라 말씀드리겠나이까?"

처녀는 소리를 내어 울었다. 이윽고 사람들이 처녀의 영혼을 전송하였다. 혼이 문 밖으로 나갔는지 얼굴은 보이지 않고 슬픈 소리만이 은은히 들려왔다.

저승길이 바쁘다, 이별이란 웬 일이오?
비나이다, 님이시여, 저버리진 마옵소서.
애달프다, 어머니여! 슬프다, 아버지여
나의 신세 어이 할꼬 고운 님을 여의도다.
아득한 구천 밑에 원한만이 맺히리라.

---

[28]. **건상(蹇裳)** 시경(詩經) 중 청춘 남녀의 음탕함을 풍자한 내용.
[29]. **상서(祥鼠)** 시경 중 사람의 무례함을 풍자한 내용.
[30]. **삼세(三世)** 불가에서 과거, 현재, 미래를 이르는 말.

얼마 지나지 않아 남은 소리마저 가늘어져 종말에는 분별할 수 없게 되었다.

처녀의 부모는 그제야 이것이 사실임을 알았고, 양생도 그 처녀가 확실히 양계(陽界)[31]의 사람이 아님을 알고 더욱 더 감상을 이기지 못하여 처녀의 부모와 함께 머리를 맞대고 통곡하였다.

처녀의 부모가 양생에게 말하였다.

"그 은잔은 자네에게 맡길 것이네. 또한 내 여식이 소유하고 있던 밭 두어 이랑과 노비 몇 놈이 있으니, 자네는 이걸 맡고 내 여식을 잊지 말아 주게나."

이튿날 양생은 주육(酒肉)을 갖추어 개녕동 옛 자취를 찾았다. 과연 새 무덤이 하나 있었다. 양생은 제전(祭奠)을 차려 슬피 울면서 지전(紙錢)을 불사르고 정식으로 장례를 치른 뒤 조문을 읽었다.

아, 님이시여!
당신은 어려서부터 성품이 온순하였고 자라서는 얼굴이 서시(西施)[32]와 같았고,
문장은 숙진(淑眞)[33]을 능가하여 방문 밖에 나가지 않고
가정 모훈을 항상 받았소.
난리를 겪어 정조를 지키다가 왜구를 만나 생명을 잃었소.
황량한 다북쑥에 몸을 의탁하여 밝은 달 피는 꽃에 마음이 슬펐소.

31. **양계(陽界)** 이 세상. 이승
32. **서시(西施)** 중국 춘추시대 월(越)나라의 빼어난 미인.
33. **숙진(淑眞)** 중국 송나라의 여류 명시인.

봄바람에 접동새가 슬피 울고, 가을철 비단 부채 무정도 하였소.
어젯밤에는 님을 만나 기쁨을 얻어 비록 유명을 달리했을지라도
실상 운우의 정을 같이 하였소.
장차 백년해로를 하려는데 별안간 웬 이별이오?
사랑하는 님이여,
당신은 응당 달나라에서 난조(鸞鳥)[34]를 타고 무산(巫山)의 비가 되리라.
땅이 암암하여 돌아온다는 희망은 없고, 하늘은 막막하여 바라기도 어렵소.
집에 들어오면 어이없어 말 못 하고, 밖에 나가면 아득하여 갈 데가 없구려.
휘장을 걷을 때마다 눈물겹고 술을 부을 땐 더욱 마음이 아프오.
얼굴이 보이는 듯하고, 목소리가 들리는 듯하오.
아, 슬프다. 총명한 님이시여, 말쑥한 님이시여,
육체야 헤어졌을망정 혼령은 계실지니,
마땅히 이곳에 나타나 이 슬픔을 거두어 주시오.
비록 사생(死生)이 다를지라도 아마 님은 이 글에 감동하리라 믿소.

그 뒤 양생은 슬픔을 견디지 못하고 가산과 농토를 모두 팔아 저녁마다 재를 올렸다. 하루는 처녀가 공중에서 양생을 불렀다.

"당신의 은덕으로 저는 이미 다른 나라의 남자 몸으로 태어나게 되었사옵니다. 유명(幽明)의 한계는 더욱 더 멀어졌사오나, 당신의 두터운 은정에 깊이 감사를 드리옵니다. 당신은 다시 길을 깨끗이 닦아 저와 같이 속세의 누를 초탈하시옵소서."

---

[34] **난조(鸞鳥)** 붉은 깃에 오채(五彩)가 섞여 있고, 그 소리는 오음(五音)에 해당한다고 하는 중국 전설상의 새.

그 후로 양생은 다시는 장가를 들지 않고 지리산(智異山)에 들어가 약초를 캐고 살았다고 전해졌다. 양생의 소식을 아는 이는 더 이상 없었다.

李生窺墻傳

이생규장전

개성(開城) 땅 낙타교(駱駝橋)[1] 밑에 이생(李生)이 살고 있었다. 이생은 열여덟 살 된 총각으로, 얼굴이 말끔하고 재주가 비범하여 일찍부터 학문에 뜻을 두어, 국학(國學)[2]에 다니면서 부지런히 글을 익혔다.

그때 선죽리(善竹里)에 최랑(崔娘)이라는 양가집 처녀가 살고 있었다. 나이는 열여섯쯤 되었고, 태도가 아름답고 수놓는 데 익숙하고 시문에도 능통하였다. 동네 사람들은 시를 지어 두 사람을 찬미하였다.

풍류를 지닌 이 총각, 아름다워라 최 처녀
그 재주와 그 얼굴 누가 찬탄치 아니 하리?

[1] **낙타교(駱駝橋)** 고려 태조 때 거란(契丹)이 낙타 50필을 바쳤는데, 태조가 받지 않고 이 다리 밑에 매어 두어 낙타가 모두 굶어 죽었다고 하여 낙타교라 이름 붙였다 함.

[2] **국학(國學)** 성균관의 예스런 이름.

이생이 책을 옆에 끼고 국학에 가려면 반드시 최랑의 집 북쪽 담을 끼고 지나가게 되었다. 하늘하늘한 수양버들은 그 담을 둘러싸고 있었다.

어느 날 이생이 나무 밑에 쉬다가 우연히 담 안을 엿보았다. 이름 있는 꽃들이 봄을 맞아 만발하고, 벌과 새들이 고운 노래를 부르는데, 꽃나무 사이로 자그마한 다락이 어렴풋이 보였다.

구슬 발이 반 가량 가려져 있고, 비단 장은 낮게 드리웠는데, 어여쁜 최랑이 수를 놓다 포근함을 이기지 못해 바늘을 잠깐 멈추고 턱을 괴고 앉아 시를 읊었다.

> 사창(紗窓)[3]에 홀로 앉아 수놓기도 귀찮은데,
> 활짝 핀 꽃다발 속에 꾀꼬리 소리 다정하네.
> 무단히 이 마음이 봄바람을 원망하고자
> 말없이 바늘 멈추고 생각에 잠겼도다.
>
> 저기 가는 저 총각은 어느 집 도련님인가?
> 초록빛 긴 소매로 수양가지 스쳐가네.
> 이 몸이 대청 안 제비 된다면
> 낮은 주렴 차고 나가 긴 담 위에 오르련만.

이생은 최랑이 읊은 시를 듣고 마음이 싱숭생숭하여 견딜 수가 없었다. 그러나 그 집의 담이 무척 높은 데다 안채도 깊은 곳에 있어 어찌할 도리가 없었다.

[3] **사창(紗窓)** 비단으로 바른 창.

며칠이 지나 이생은 학교에서 돌아오는 길에 꾀를 냈다. 종이 한 폭에 시(詩) 세 수를 적어 기와에 매달아 담 안으로 던졌다.

무산(巫山) 열두 봉우리에 첩첩이 쌓인 안개인가?
반쯤 드러난 봉우리가 붉고도 푸르구나.
고운 님 외로운 꿈을 수고롭게 하지 마오.
행여나 운우(雲雨) 되어 양대(陽臺)에서 만나 보세.

사랑하는 님이시여, 나의 심회 알 것이오.
붉은 담 위의 복숭아야, 낙고 난들 어디 가리?

좋은 인연인가, 악연인가?
하염없는 이내 시름 황혼 가약 맺고자
님을 만나 노닐고 싶구나.

그러자 최랑이 깜짝 놀라 시녀 향아(香兒)를 시켜 그것을 가져오게 하니 이생이 보낸 시였다. 최랑은 그 시를 몇 번이나 음미하며 기뻐하였다. 그래서 종이 쪽지에 시를 써서 담 밖에 던졌다.

님이시여, 의심 마오.
서로 황혼 가약 맺읍시다.

이생은 그 시의 언약처럼 날이 어두워지자 최랑의 집을 찾아갔다. 그때 복숭아꽃 가지 하나가 갑자기 담 위로 휘어져 내려오더니 어릿거리는 그림자가 하나 나타났다. 이생이 가만히 살펴보니 그넷줄에다 대바구니를 매어 길게 늘어뜨렸는지라 곧 그 줄을 잡고 담을 넘어 안으로 들어갔다. 때마침 동산에 달이 떠오르고 꽃나무 가지의 그림자가 땅에 드리워졌다.

이생은 기쁘면서도 다른 한편으로는 비밀이 탄로날까 두려워 머리카락이 곤두섰다. 이생은 조심스럽게 좌우를 둘러보았다.

최랑은 꽃떨기 속에 깊숙이 파묻혀 앉아 향아와 함께 꽃을 꺾어 머리 위에 꽂으며 이생을 보고 있었다. 최랑은 방긋 웃으며 시 몇 구를 읊었다.

복숭아 가지 속은 꽃이 피어 화려 하고
원앙새 베개 위는 달빛이 곱다.

이생이 뒤를 이어 읊었다.

이 다음 어쩌다 봄소식이 누설되면
무정한 비바람에 더욱 가련 하리라.

최랑은 곧 정색을 하며 말하였다.

"저는 당신과 부부가 되어 영원한 행복을 누리려 하는데 당신은 어찌하여 그런 말씀을 하시는지요? 저는 비록 여자의 몸이지만 이 일에 대하여 마음이 태연한데, 하물며 대장부의 의기로 그런 염려를 하시나이까? 나중에 만일 규중의 비밀이 누설되어 부모님께 꾸지람을 듣는다 하여도 저 혼자 책임을 지겠습니다."

최랑은 향아에게 방으로 가서 술과 과일을 가져오라고 말하였다. 향아는 방으로 가버렸다. 온 집안이 고요하고 인기척이 없자 이생이 최랑에게 물었다.

"이곳은 어디요?"

최랑이 대답하였다.

"뒷동산 작은 다락 밑이옵니다. 저희 부모님께서 무남독녀인 저를 유난히 귀여워해 주셔서 따로 연못 가운데 이 집을 지어 주셨사옵니다. 봄이 되어 온갖 꽃들이 만발하면 향아와 함께 즐겁게 노는 곳입니다. 부모님이 계신 곳은 여기서 가깝지 않아 비록 웃음소리가 크더라도 잘 들리지 않을 것입니다."

최랑은 이생에게 술 한 잔을 권하며 시 한 편을 읊었다.

부용못 깊은 곳 솟은 난간 굽어 보고
꽃다발 그 사이에는 누가 속삭이나?
향기로운 안개 끼고 봄빛이 화창할 때
새 곡조 지어 내어 백저사(白紵詞)[4] 를 부르는구나.
꽃 그늘에 달빛 비쳐 털방석에 스며들고
긴 가지 잡고 보니 붉은 빗발 내린다.
바람은 향내 끌고 향내는 옷자락에
첫봄을 맞이하는 처녀 춤만 춘다.
가벼운 소매로 해당화나 스쳐 볼까?
꽃 밑에 졸고 있던 앵무새만 깨웠구나.

[4] **백저사(白紵詞)** 중국 고대 시가. 일종의 사랑 노래.

이생도 곧 화답하였다.

> 신선을 잘못 찾아 무릉도원에 왔구나.
> 구름같이 쪽찐 머리 금비녀채 나직한데
> 엷디엷은 초록 적삼 봄철이라 새로 지어
> 비바람 불지 마오, 나란히 핀 이 꽃들에.
> 선녀가 내리신다, 소맷자락 살랑살랑.
> 기쁨을 다할쏘냐? 시름 거듭 엿보리라.
> 함부로 새 곡조로 앵무새를 가르치랴?

주연이 끝나자 최랑이 이생에게 말하였다.

"오늘 일은 분명 작은 인연이 아니오니 당신은 저와 함께 백 년의 기쁨을 이루는 게 어떻겠습니까?"

최랑이 곧 북쪽에 있는 들창 속으로 들어갔다. 이생이 그 뒤를 따라 사다리를 타고 오르니 작은 다락이 하나 나왔다. 그곳은 문구류와 책상들이 매우 잘 정돈되어 있었다.

한쪽 벽에 연강첩장도(烟江疊嶂圖)[5]와 유황고목도(幽篁古木圖)[6] 두 폭이 붙어 있는데, 그 위에 각각 시(詩) 한 편씩 적혀 있었다. 어떤 사람이 지은 시인지는 알 수 없었다.

첫째 그림에는,

---

[5] **연강첩장도(烟江疊嶂圖)** 안개 긴 강 위에 첩첩이 둘러쳐진 산봉우리를 담은 그림.
[6] **유황고목도(幽篁古木圖)** 대밭과 고목을 그린 그림.

강 위의 첩첩 산을 어느 님이 그렸는가?

구름 속 방호산(方壺山)은 반 봉우리 보일락 말락 한다.

아득한 몇 백 리에 형세도 장하고,

소곳소곳 쪽찐 머리 다락 앞에 벌여 있네.

끝없는 푸른 물결 저 공중에 닿았구나.

저문 날 바라보니 고향 산천 어디인가?

이 그림 구경하면 님의 느낌 어떠한가?

상강(湘江) 비바람에 배 띄운 듯하여라.

둘째 그림에는,

바삭바삭 대나무 잎에서 가을 소리 들리는 듯

꼬틀꼬틀 고목도 옛 뜻을 품은 듯

뿌리 깊어 이끼 끼고 가지마다 활짝 뻗어

무궁한 조화 자취 가슴속에 간직했네.

미묘한 이 경지를 누가 와서 말할쏘냐?

위언(韋偃)[7] 여가(與可)[8] 떠났으니

이 묘리를 누가 알겠느냐?

갠 창(窓) 그윽한 곳 말없이 서로 보니

신기한 님의 필법 못내 사랑하노라.

라고 적혀 있었다.

한쪽 벽에는 사시경(四時景) 네 수가 붙어 있는데 역시 어떤 사람의 글

---

7. **위언(韋偃)** 당나라 시절 유명했던 화가.

8. **여가(與可)** 송나라의 화가였던 문동(文同)의 자.

인지 알 수 없었다. 글씨는 조송설(趙松雪)[9]의 것을 본받아 자체(字體)가 매우 곱고 단정하였다.

첫째 폭에는,

부용장(芙蓉帳) 속 숨은 향내 실바람에 나부끼고
창 밖의 붉은 행화(杏花) 비 내리듯 하는구나.
오경이라 종소리에 남은 꿈을 깨고 보니
신이화(辛夷花)[10] 깊은 곳에 백설조(百舌鳥)[11]만 우짖 는다.

기나긴 날 깊은 규중(閨中) 제비 쌍방이 모여 들 때
귀찮아서 말도 없이 금바늘을 멈춘다.
다정 한 저 나비 는 님의 동산에 짝을 지어
낙화를 사랑하느냐? 날고 날아 앉는구나.

얇은 추위 살랑살랑 초록 치마 스쳐올 때
무정 한 봄소식은 남의 애를 끊나니.
말없 는 이내 뜻을 누가 알까?
온갖 꽃 만발할때 원앙새만 춤추는구나.

봄빛은 깊고 깊어 온누리에 가득 차고
붉으락푸르락 사창 앞에 비친 다.
방초(芳草)가 우거진 곳에 외로운 시름 위로하려
수정 발 높이 걸어지는 꽃을 헤어 보렴.

9. **조송설(趙松雪)** 원나라의 유명한 서화가인 조맹부. 송설은 호.
10. **신이화(辛夷花)** 목련과에 속하는 백목련(白木蓮). 일명 목필(木筆).
11. **백설조(百舌鳥)** 때까치.

둘째 폭에는,

참밀 대에 밀알이 처음 배고 어린 제비 펄펄 나는데
남쪽 뜰의 석류화는 나란히 피었도다.
푸른 들창 홀로 비껴 길쌈하는 저 처녀
붉은 비단 베어내 새 치마를 짓는다.

매실은 한껏 익고 가는 비는 보슬보슬
꾀꼬리 울고 나서 제비 마저 드날리는데
이 봄은 간데없어 풍경 조차 시드는구나.
나리꽃 떨어지고 새 죽순은 뾰족뾰족.

살구 가지 휘어 잡아 꾀꼬리나 갈겨 볼까?
남헌(南軒) 속에 바람 일고 쬐는 햇살 더디다.
연잎에 향내 뜨고 푸른 못물 가득한데
저 물결 깊은 곳에 더펄새가 목욕하네.

등나무 평상 대방석에 물결처럼 이는 바람
소상강(瀟湘江) 그린 병풍 한 봉우리 구름뿐인가?
낮꿈에서 깨었지만 고달픈 채 그냥 누워
반창(半窓)에 비낀 햇살 너울너울하는구나.

그 셋째 폭에는,

쌀쌀한 가을 바람 차디찬 이슬 맺고
달빛은 곱다만 물결은 파랗구나.

기러기 돌아 옐 제 한 소리 또 한 소리
다시금 들으련다, 금정(金井) 오동잎 지는 소리

상 밑에서 벌레 소리 처량하니
상 위 처녀는 눈물겨워 하는구나.
머나먼 싸움터에 몸을 던진 님이시여,
오늘 저녁 옥문관(玉門關)[12] 달빛 응당 희겠지.

새옷을 만들려고 하니 가위조차 서늘하다.
나직이 아이 불러 다리미를 갖고 오렴.
불 꺼진 다리미라 쓸 곳이 전혀 없어
가만히 피릿대로 꺼진 재를 헤쳐 보네.

연꽃은 다 피었나? 파초잎도 누렇겠지.
원앙 그린 기와 위엔 새 서리가 내려
새 원한 묵은 시름 애달픈들 어이하리.
골방은 깊고 깊은데 귀뚜라미는 어이 우느냐?

넷째 폭에는,

한 가지 매화일망정 온 창 가렸네.
서랑(西廊)에 바람이 급하고 달빛 더욱 아름답다.
화롯불 헤쳐 봐라, 꺼지지 않았더냐?
아이야, 여기 오너라 차 좀 달여 보려느냐?

12. **옥문관(玉門關)** 중국 한(漢)나라 때 서관(西關)을 지나 서역으로 가던 통로.

밤서리에 놀란 잎은 자주자주 펄럭이고
돌개바람 눈을 불어 골방으로 들어올 때,
속절없는 꿈이더냐? 그립던 님 생각이
빙하(氷河)가 어디인가? 머나먼 옛 전쟁터.

창 앞의 밝은 해는 봄빛인 양 따뜻하고
근심에 잠긴 눈썹 졸음마저 덧붙이네.
병에 꽂힌 작은 매화 필락 말락 하건마는
수줍은 채 말도 없이 원앙새만 수놓다니.

쌀쌀한 서릿바람 북쪽 숲을 스치려니
처량한 찬 까마귀 달을 맞아 우짖는다.
가물가물 등불 앞에 실 꿰기도 어려워라.
님 생각에 솟은 눈물 바늘귀에 떨어지네.

라고 시가 적혀 있었다.

한쪽 편에는 별당이 있어 매우 깨끗한데 장막 밖으로 사향을 태우는 냄새가 풍기고, 촛불은 대낮처럼 환하게 밝혀 있었다. 이생은 최랑과 더불어 즐거움을 만끽하며 며칠 동안 유숙하였다.

어느 날 이생이 최랑에게 말하였다.

"옛 성인의 말씀에, '어버이 계시면 나가 놀더라도 반드시 일정한 방향이 있다'라고 하였소. 이제 내 어버이를 떠나온 지 벌써 사흘이 지났으니, 어버이께서 응당 문에 기대 기다리실 것이오. 이 어찌 인자(人子)의 도리라 하겠소?"

최랑은 이생이 집으로 돌아가는 것을 승낙하였다.

그 후 이생은 저녁마다 최랑을 만났다. 어느 날 저녁에 이생의 아버지가 이생을 나무랐다.

"네가 아침 일찍 나가 날이 저물어야 돌아오던 일은 옛 성인의 참된 말씀을 배우려 함이 아니었더냐? 이제는 황혼에 나가 새벽녘에야 돌아오니 이게 어찌 된 일이냐? 분명 못된 놈들의 행실을 배워 남의 집 담장을 넘어다니는 것임에 틀림없다. 이런 일이 남의 눈에 띄면 모두 내가 자식을 엄하게 가르치지 못했다고 책망할 것이다. 또 그 처녀도 만일 양반집 규수라면 너 때문에 문호(門戶)를 더럽힐 것이니, 남의 집에 죄를 짓는 것이다. 어서 빨리 영남에 내려가 일꾼을 데리고 농사를 감독하여라. 그리고 내 명이 있기 전에는 함부로 올라오지 말아라."

아버지는 그 다음날 바로 이생을 울주(蔚州)로 내려보냈다.

최랑은 매일 저녁마다 화원에서 이생을 기다렸으나, 몇 개월이 지나도록 그림자도 볼 수 없었다. 혹시 병이 나지 않았는지 향아(香兒)를 시켜 가만히 이생의 이웃 사람에게 물어보게 하였다.

이웃 사람으로부터 자초지종을 듣게 된 최랑은 어이가 없어 침상 위에 쓰러져 일어나지 못하였다. 음식도 안 먹고 말조차 하지 않아 얼굴이 점점 초라해졌다. 최랑의 부모는 깜짝 놀라 병의 증세를 물었다. 하지만 최랑은 아무런 말도 하지 않았다.

최랑의 부모는 어느 날 우연히 대바구니를 들추고 딸이 이생과 함께 주고받은 시를 보았다. 그리고 그제서야 비로소 무릎을 치며 탄식하였다.

"아, 잘못하였으면 귀중한 딸을 잃을 뻔했구나."

최랑의 부모는 곧 딸에게 물었다.

"도대체 이생이란 사람이 누구냐? 다 털어놓고 이야기하거라."

최랑은 더 이상 숨기지 못하고 부모에게 솔직히 고백하였다.

"은덕이 깊은 아버지 어머니께 어찌 숨기겠사옵니까? 다름이 아니오라 남녀간 애정은 인간으로서는 소홀히 여기지 못할 일이옵니다. 그러므로 옛글에도 이에 대한 찬미나 우려의 말씀이 한두 가지가 아니었사옵니다. 한데, 제가 연약한 몸으로 나중 일을 생각지 않고 이런 과오를 범하여 방탕한 행실이 남들의 웃음을 사게 되었습니다. 그 죄가 크고, 수치스러움이 어버이께 미칠 것이옵니다. 하오나 이생과 헤어진 후 원한이 쌓여 연약한 몸이 맥없이 홀로 있으니, 생각은 날이 갈수록 더욱 깊어지고 병세가 점차 위중하여 쓰러질 지경에 이르렀습니다. 하오니, 부모님께서 제 소원을 이루어주신다면 남은 목숨을 보전할 것이옵고, 그렇지 않으면 비록 죽어서라도 지하에서 이생을 따르기로 맹세하였으니, 다른 문정(門庭)에는 오르지 않겠나이다."

최랑의 부모는 이미 그 뜻을 짐작하고 다시는 병의 증세도 묻지 않고 마음을 달래 안정시켰다. 그러고 나서 곧 중매의 예를 갖추어 이씨에게 보내었다.

이씨는 먼저 최씨의 문벌(門閥)을 물은 뒤 말하였다.

"비록 우리 아이가 나이가 어리고 바람이 났다 해도 학문에 정통하고 얼굴이 유달라, 장차 대과에 급제하여 세상에 이름을 알릴 것이니 함부로 혼사를 정하지 않겠소."

중매인은 곧 돌아와 이 말을 최씨에게 전하였다. 최씨는 다시 중매인을 이씨에게 보냈다.

"들리는 말에 의하면 귀댁 도령이 재화(才華)[13]가 뛰어나다 하니, 비록 지금은 곤궁할지라도 장래에 반드시 현달(顯達)[14]할 터이니 빨리 만복의 날을 정하는 것이 어떠하옵니까?"

이생의 아버지가 대답하였다.

"나도 어려서부터 학문을 연구하였지만 나이가 들어도 업을 이루지 못하니, 노비들은 흩어지고 친척들도 돌봐주지 않아 삶이 곤란하오. 귀족 댁에서 무엇을 보고 가난한 선비를 취하겠소? 아마도 일 벌이기를 좋아하는 이가 나의 문벌을 과장되게 소개하여 귀댁을 속이려는 것이 아니겠소?"

중매인이 할 수 없이 다시 돌아와 최씨에게 알렸다. 최씨는 다시 중매인을 보냈다.

"모든 예물과 의장(衣裝)은 우리 집에서 담당할 것이니, 다만 좋은 날을 택해 화촉의 예를 치르는 것이 어떠하겠소?"

이씨는 최씨의 간절한 요청에 마음을 바꾸어 곧 사람을 울주에 보내 아들을 데려오게 하였다.

이생은 기쁜 마음을 억누르지 못하여 시 한 수를 지어 읊었다.

[13] **재화(才華)** 빛나는 재주와 재능.
[14] **현달(顯達)** 벼슬이나 덕망이 높아 이름을 세상에 떨침.

깨진 거울 합쳐 지니 이 또한 인연이라.
은하의 오작인들 이 가약을 모를쏘냐?
이제야 월로승(月老繩)[15] 굳게 잡아매어
봄바람 살랑 불 때 접동새를 원망 마오.

오랫동안 이생을 그리워하던 최랑은 이생이 시를 지었다는 말을 듣고 병이 점점 나아 시 한 수를 지어 읊었다.

악연이 좋은 인연인가? 옛날 맹세 이루련다.
어느 때 님과 함께 저 작은 수레를 끌꼬?
아이야, 날 일으켜라, 꽃비녀를 정리하리.

그 후 얼마 되지 않아 길일을 잡아 혼례를 치렀다. 이로부터 부부는 서로 사랑과 공경을 지켜 비록 옛날의 양홍과 맹광이라도 그들의 절개를 따를 수 없었다. 그 다음해 이생은 대과를 거쳐 높은 벼슬에 올라 이름을 세상에 날렸다.

이윽고 신축년(李丑年)[16]에 홍건적(經巾賊)[17]이 서울을 노략질하자 상감이 복주(福州)[18]로 물러났다. 놈들이 건물을 파괴하고 인축(人畜)을 전멸시키니, 여러 가족들과 친척들이 동서로 분산되었다.

이때 이생은 가족과 함께 산골에 숨어 있다가 도적 하나가 칼을 들고 쫓

---

[15] **월로승(月老繩)** 남녀의 인연을 맺어준다는 월하노인(月下老人)이 지닌 주머니의 붉은 끈.
[16] **신축년(李丑年)** 고려 공민왕 10년(1361).
[17] **홍건적(經巾賊)** 붉은 수건으로 머리를 싸맨 중국의 반란군.
[18] **복주(福州)** 경북 안동.

아오는 것을 보고 얼른 몸을 숨겼다. 하지만 최랑은 도적에게 잡혀 정조를 빼앗길 처지에 이르렀고, 이에 크게 노하여 소리를 질렀다.

"이 창귀 놈아, 나를 먹으려고 하느냐? 내가 차라리 죽어서 시랑(豺狼)의 밥이 될지언정 어찌 돼지 같은 네놈에게 이 몸을 주겠느냐?"

도적은 결국 최랑을 무참하게 죽여 버리고 말았다.

이생은 온 들판을 헤매고 다니다 도적들이 이미 없어졌다는 소식을 듣고 고향을 찾아갔다. 자기의 집은 이미 병화(兵火)로 인해 사라지고 없었다. 최랑의 집에 이르니 그 역시 쓸쓸하고, 주위에 쥐들만 우글거리고 새들의 울음소리만 들릴 뿐이었다.

이생은 슬픈 마음을 견디지 못하고 작은 다락에 올라가 눈물을 삼키며 한숨을 깊이 쉬었다. 날이 저물 때까지 우두커니 앉아 옛일을 회고하니 모든 게 꿈만 같았다. 밤이 되어 달빛이 들보를 비추자 낭하에서 발걸음 소리가 점점 가깝게 들려왔다. 깜짝 놀라 보니 옛날의 최랑이었다.

이생은 최랑이 이미 죽은 사실을 알고 있었으나, 워낙 유다른 사랑이라 의아하게 생각지 않고 물었다.

"당신은 어디로 피난하여 생명을 보전하였소?"

최랑은 이생의 손을 잡고 통곡하며 말했다.

"저는 원래 귀족의 딸로서 어릴 때에 모훈(母訓)을 받아 수놓는 일과 침선(針線)에 열심이었고, 시서(詩書)와 예의를 배워 단지 규중의 예법만 알고 그 외의 일은 잘 알지 못하였사옵니다. 그런데 어느 날 당신이 복숭아 핀 담 위를 엿보셨을 때 저는 스스로 벽해(碧海)의 구슬을 드려 꽃 앞에서 한번 웃고 평생의 가약을 맺었습니다. 또한 깊은 휘장 속에서 거듭 만날 때마다 정이 넘쳤사옵니다. 여기까지 말을 하고 나니 슬프고 부끄러운 마음 금할 길이 없사옵니다. 장차 백년해로를 누리려 하였지만 뜻밖의 횡액(橫厄)을 만나, 비록 정조를 잃지는 않았으나 육체는 진흙탕에서 찢겼사옵니다. 절개는 중하고 목숨은 가벼워 해골은 들판에 던졌지만, 혼백은 의탁할 곳이 없었사옵니다. 가만히 옛일을 생각하며 원통해 한들 어찌하겠사옵니까? 당신과 깊은 골짜기에서 하직한 뒤 저는 속절없이 짝 잃은 새가 되고 만 것이옵니다. 저는 이승에 다시 태어나 남은 인연을 다시 맺어 옛날의 굳은 맹세를 결코 헛되지 않게 하려 합니다. 당신 생각은 어떠하옵니까?"

이생은 매우 기뻐하며 대답하였다.

"그건 원래 내 소원이오."

두 사람은 즐겁게 말을 주고받았다. 이생은 또 물었다.

"가산은 어떻게 되었소?"

최랑이 대답하였다.

"하나도 잃어버리지 않고 골짜기에다 묻어 두었사옵니다."

이생이 다시 물었다.

"어버이의 유골은 어찌 되었소?"

최랑이 대답하였다.

"하는 수 없이 어떤 곳에 그냥 버렸사옵니다."

두 사람이 이야기를 마치고 취침하니 기쁜 정은 옛날과 조금도 다를 바

없었다.

다음날 두 사람은 함께 살았던 곳을 찾아갔다. 그곳에서 금은재화를 찾아내 팔고, 부모의 유골을 거두어 오관산(五冠山)[19] 기슭에 합장하였다.

장례를 치른 뒤 이생은 벼슬을 하지 않고 최랑과 다시 살림을 차리니 뿔뿔이 흩어졌던 노복도 하나 둘 모여들었다.

이생은 그 후 인간사 모든 일을 다 잊었다. 심지어는 친척 빈객의 방문과 길흉 대사마저 모두 제쳐놓고 문을 굳게 걸어 잠근 뒤 최랑과 함께 시구를 창수(唱酬)하며 금실을 누렸다.

어느 날 저녁 최랑이 물었다.

"세상일이 하도 덧없어 세 번째 가약도 이제 머지않아 끝나게 되오니 한없는 이 슬픔 또 어찌하오리까?"

이생이 깜짝 놀라 물었다.

"그게 무슨 말이오?"

최랑이 대답하였다.

"저승길은 피할 수 없는 길이옵니다. 저와 당신은 천연(天緣)이 정해져 있는 데다 전생에 아무런 죄악도 없으므로, 이 몸이 잠깐 당신과 만나게 되었사옵니다. 하오나 어찌 인간 세상에 오래 머물러 산 사람을 유혹할 수 있겠사옵니까?"

최랑은 향아를 시켜 술과 과일을 드리게 하고 옥루춘(玉樓春) 한 가락을

---

[19] **오관산(五冠山)** 개성 송악산 동쪽에 있는 산.

부르며 이생에게 술을 권하였다.

> 난리 풍상 몇 해인가.
> 옥같이 고운 얼굴 꽃같이 흩어지고 짝 잃은 원앙이라.
> 남은 해골 굴러 그 누가 묻어 주리.
> 피투성이 된 혼은 하소연할 곳도 없네.
> 슬퍼라, 이내 몸은 무산 선녀 될 수 없고
> 깨진 거울 이제 거듭 나누려
> 이제 하직하면 천추의 한이로다.
> 망망한 천지 사이 음신(音信)[20] 조차 막히리라.

최랑은 노래를 부르는 동안 눈물이 흘러 곡조를 거의 이루지 못하였다. 이생도 슬픔을 걷잡지 못하여 말하였다.

"내가 차라리 당신과 함께 지하로 돌아갈지언정 어찌 무료하게 여생을 홀로 보전하겠소? 얼마 전 난리를 치르고 친척들과 노복들이 흩어지고 돌아가신 부모님의 유골이 들판에 버려졌을 때, 당신이 아니었다면 누가 가르쳐 주었겠소? 옛 성인의 말씀에, '어버이 계실 적 예로 섬기며 돌아가신 후에도 예로 장사하라'고 하였는데, 이제 당신이 모두 실천하였으니 내 감사의 뜻을 아끼지 않으리다. 아무쪼록 당신은 인간 세상에 오래 살아 백년의 행복을 누린 뒤 나와 같이 진토가 되는 게 어떻겠소?"

최랑이 대답하였다.

"당신의 명수는 아직 많이 남았고, 저는 이미 귀신의 명부(名簿)에 실렸

---

20. **음신(音信)** 먼 곳에서 전하는 소식. 편지.

사옵니다. 만약 인간에 미련을 가지면 명부(冥府)의 법령에 위반되어, 저에게 죄과가 미칠 뿐만 아니라 당신에게도 누가 미칠까 염려되옵니다. 단지 제 해골이 아직 그곳에 흩어져 있사오니 은혜를 거듭 베푸시어 사체를 거두어 주시면 만족하겠나이다.”

말을 마치자 최랑의 육체가 점점 사라지더니 종내 사라져 버렸다. 이생은 최랑의 해골을 거두어 부모의 묘 옆에 장사를 지냈다. 그 후 이생은 병이 나 몇 달 만에 세상을 떠나고 말았다.

그 이후 모든 사람들이 두 사람의 아름다운 절개를 칭찬하였다.

만취유부벽정기

醉遊浮碧亭記

평양은 옛 조선의 도읍지였다. 주(周)나라 무왕(武王)이 은(殷)나라를 정복하고 기자(箕子)를 방문하였을 때, 기자가 홍범구주(洪範九疇)[1]의 법을 일러주었다. 그리하여 무왕이 기자를 이 땅에 봉하였지만 신하로 여기지는 않았다.

이곳 평양의 명승고적으로는 금수산(錦繡山), 봉황대(鳳凰臺), 능라도(綾羅島), 기린굴(麒麟窟), 조천석(朝天石), 추남허(楸南墟) 따위가 있는데, 영명사(永明寺)의 부벽정(浮碧亭)[2]도 그 중의 하나라 할 수 있다.

영명사는 고구려 동명왕(東明王)의 구제궁(九梯宮)으로 성 밖 동북쪽 이십 리쯤 되는 곳에 있다. 굽이굽이 흘러가는 긴 강을 옆에 끼고 앞으로는 아득한 평원을 바라보니 참으로 아름다운 경치였다. 해가 질 무렵이면 여러 상선(商船)들이 대

---

[1] **홍범구주(洪範九疇)** 서경(書經)의 한 편명(篇名)으로 유가(儒家)의 세계관을 드러냄.
[2] **부벽정(浮碧亭)** 부벽루를 말함.

동문(大同門)³ 밖에 있는 유기(柳磯)⁴에 닿는데, 그러면 사람들이 으레 강을 따라 올라와 이곳을 구경하고 돌아가고는 하였다.

부벽정 남쪽에는 돌로 된 사다리가 있었다. 왼쪽에는 청운제(靑雲梯), 오른쪽에는 백운제(白雲梯)라는 글자를 돌에 새기고, 화주(華柱)⁵를 세워 구경꾼들의 흥미를 끌었다.

정축년(丁丑年)⁶의 일이었다. 개성에 부호(富豪)의 아들 홍생(洪生)이 살고 있었는데, 비록 나이는 어리나 얼굴이 아름답고 글을 잘하였다.

홍생은 팔월 한가위를 맞이하여 면사(綿絲)⁷를 사려고 친구들과 함께 평양 저자에 포백(布帛)⁸을 싣고 와 강가에 배를 대었다.

이때 성중(城中)에서 구경나온 기생들이 홍생을 보고 모두 유혹의 눈짓을 보냈다.

성중(城中)에는 친구 이생(李生)도 살고 있었는데, 홍생을 보고 잔치를 베풀며 반겨주었다. 홍생은 술에 취해 배로 돌아갔지만 밤이 서늘한 탓인지 통 잠을 이루지 못했다. 문득 옛 당(唐)나라 시인(詩人) 장계(張繼)가 지었다는 〈풍교야박(楓橋夜泊)〉이라는 시(詩)를 떠올리고는 연상되어 더욱 흥취를 진정할 수 없었다. 마침내 달빛을 가득 실은 작은 배를 타고 강물

---

³· **대동문(大同門)** 대동문루(大同門樓). 평양의 동문(東門).
⁴· **유기(柳磯)** 버들 아래 고기 낚는 돌.
⁵· **화주(華柱)** 망주석(望柱石)처럼 생긴 돌기둥.
⁶· **정축년(丁丑年)** 세조 2년(1457). 단종이 승하(昇遐)한 해를 말함.
⁷· **면사(綿絲)** 무명실.
⁸· **포백(布帛)** 베와 비단.

을 따라 노를 저어 가니 곧 부벽정 밑에 이르렀다.

홍생은 배를 갈대밭에 매어 두고 사다리를 올라가 난간에 비스듬히 기 댄 채 시를 낭랑하게 읊었다.

달빛은 환하고 물결은 흰 비단과도 같았다. 때마침 청학과 기러기의 울음소리가 들려오니 마치 하늘 위 옥황상제가 계신 곳인 듯하였다.

한편 옛 도읍지를 돌아보니 내를 끼고 있는 외로운 성에 물결만 철썩거릴 뿐이었다. 홍생은 고국(故國)[9]의 흥망을 탄식하며 여섯 수의 시를 연이어 읊었다.

부벽정 높은 곳 홀로 올라 시를 읊으니
구슬픈 강물 소리 애끊는 듯하여라.
고국이 어디 인가? 영웅은 간 곳 없고
황성(荒城)은 지금까지 봉황의 형상이로다.
모래에 달빛 희니 기러기가 아득하고
숲속에 내 걷혀 반딧 불이 날고 있네.
인사(人事)는 변천 하여 풍경 조차 쓸쓸한데
한산사(寒山寺)[10] 깊은 곳에 종소리만 들려 오네.

님 계신 구중 궁궐 가을 풀만 쓸쓸한데
갈수록 아득하여 라, 높은 바위 구름길은
청루(靑樓)는 어디 있나, 자취 조차 없고
담 너머 희미 한 달 까마귀가 우짖 는다.

9. **고국(故國)** 고구려를 말함.
10. **한산사(寒山寺)** 중국 강소성(江蘇省) 소주부(蘇州府)에 있는 절. 장계의 〈풍교야박(楓橋夜泊)〉이란 시에서 인용한 것으로 영명사를 말함.

풍류는 간데없고 진토만 남았는데
적막하고 외로운 성 가시만 덮여 있네.
어즈버 물결 소리 의구히 울어 댈 때
주야로 쉬지 않고 깊은 바다 향하는구나.

대동강 굽이굽이 쪽[濫]처럼 푸른데
슬프다, 천고 흥망 한탄한들 어찌 하리.
금정(金井)에는 물 마르고 담쟁이만 드리웠는데
석단(石壇)에는 이끼 낀 채 능수버들 늘어졌네.
타향의 좋은 풍월에 한없이 시만 읊고
정든 고국 생각에 술이 건들 취한다.
달빛이 밝은 탓인가, 졸음조차 아니 오고
계수 그늘 밤 깊은데 매운 향내 풍겨 온다.

오늘이 한가위라 저 달빛 고운데
외로운 옛 성터 바라볼수록 슬프구나.
기자묘(箕子廟) 뜰 앞에는 늙은 숲이 우거지고
단군사(檀君祠) 벽 위에도 담쟁이가 얽혔네.
영웅은 자취 없고 어디로 돌아갔느냐?
초목만 의희(依稀)한데 몇 해나 되었느냐?
옛날이 더욱 그립구나, 둥근 달은 의구하고
맑은 빛이 흘러흘러 객의 옷에 비치네.

달아, 동산에 떠올라라, 잠든 오작 왜 나느냐?
깊은 밤 찬 이슬은 나의 옷에 함초롬하다.
문물은 천 년이라 옛 모습은 간데없고
산천은 변천하여 허물어진 성뿐이라.
하늘에 오르셨는가, 님은 아니 돌아오고

인간에게 남긴 이야기 무엇으로 증거 하겠는가?
누런 수레 기린 타고 가신 자취 아득한데
풀 우거진 옛길 위에 홀로 가는 저 선사(禪師)야.

찬 이슬 내렸으니 온갖 초목 다 지는데
청운교인가, 백운교인가 우뚝우뚝 솟았구나.
수나라 병사들은 여울에서 구슬피 우는데[11]
가을 매미 울음소리 동명왕의 넋이런가?
옛길에 내를 끼고 수레 소리 간데없는데
푸른 솔 우거진 곳 늦은 종소리만 처량하다.
높이 올라 읊고 싶어도 누가 화답하리?
바람 맑고 달빛 희니 흥에 겨워 하노라.

홍생은 시를 다 읊고 나서 춤을 추었다. 한 구절을 읊을 때마다 슬픔을 이기지 못하여 탄식하였다. 비록 퉁소와 노래의 유창한 화답이 없더라도 구슬픈 운율은 넉넉히 깊은 물에 잠긴 용을 춤추게 하고 외로운 배에 실린 과부를 울릴 만하였다.

어느덧 밤이 깊어 돌아오려 하는데 서쪽에서 갑자기 발걸음 소리가 들려왔다. 홍생은 속으로 생각하였다.

'시 읊는 소리를 듣고 절에 있던 중이 찾아오는 것이겠지?'

앉아서 기다리는데 뜻밖에 아름다운 여인이었다. 그 여인 곁으로 두 아이가 따라왔다. 한 아이는 옥 파리채를 들고 있고 다른 아이는 비단 부채

---

[11] **수나라 병사들은 여울에서 구슬피 우는데** 중국 수(隨)나라 수십 만 대군이 고구려 을지문덕에게 패한 일을 말함.

를 들고 있었다. 여인의 위의(威儀)는 정제하고 그 몸가짐이 지체 높은 집 규수 같았다.

홍생은 뜰 아래로 내려가 담에 숨어서 여인의 태도를 엿보았다.

여인은 남헌(南軒)에 기대어 서서 달빛을 바라보았다. 잠시 후 아름다운 음성으로 시를 읊는데 그 풍류와 기상이 아주 얌전하였다. 시녀가 비단 방석을 펴니 여인이 낭랑한 목소리로 말하였다.

"이곳에서 방금 시 읊는 소리가 났는데 갑자기 어디로 사라지셨나요? 저는 요물이 아니옵니다. 다만, 구름 없는 하늘에 달이 둥실 솟고, 은하수 맑은 물에 백옥루(白玉樓) 차디찬 밤이 좋아 나왔을 뿐이옵니다. 계수 그림자 비낀 지금, 저와 함께 한잔 마시고 시를 읊어 그윽한 회포를 푸시는 게 어떠하신지요?"

이 말을 듣자 한편으로는 기쁘고 다른 한편으로는 두렵기도 하여, 홍생은 어찌할까 잠깐 망설이다 이내 헛기침 소리를 냈다. 여인은 곧 시녀를 홍생에게 보냈다.

"아씨 명을 받들어 모시러 왔사옵니다."

이에 홍생은 시녀를 따라 여인에게 다가가 예를 표하고 무릎을 꿇었다. 여인은 약간 무례한 태도로 시녀를 시켜 낮은 병풍으로 앞을 가리게 하였다. 그러자 겨우 얼굴 반쪽만 서로에게 보일 뿐이었다.

여인이 말하였다.

"조금 전 나으리가 읊은 시는 무엇을 의미하는 것이옵니까? 의아하게 생각지 마시고 저에게 다시 읊어 주시지요."

홍생은 다시 시를 들려주었다. 여인이 웃으며 말하였다.

"그대와는 시를 논할 만하오이다."

여인이 시녀를 시켜 술을 따라주었다. 하지만 홍생은 차려놓은 음식이 하도 딱딱한 데다 술맛 역시 쓰기만 하여 도저히 먹고 마실 수가 없었다. 그러자 여인은 빙긋이 웃으며 시녀에게 명하였다.

"그대는 속세에 살던 사람이니 어찌 백옥례(白玉醴)[12]와 홍규포[13]를 알겠소? 애야, 빨리 신호사(神護寺)[14]에 가서 절밥을 조금만 빌려 오너라."

이에 시녀가 급히 절밥을 얻어 왔지만 이번에는 간장이 없는지라, 다시 시녀를 시켜 주암(酒巖)[15]에 가서 간장을 얻어 오게 하였다. 시녀는 얼마 안 되어 잉어적을 가지고 왔다.

홍생이 음식을 먹는 동안 여인이 얼른 홍생의 시에 화답하는 시를 계전(桂箋)에 써서 시녀를 시켜 홍생에게 전하였다.

> 오늘 저녁 부벽정에는 달빛이 참으로 밝은데
> 가없는 맑은 얘기 느낌이 어떠한지?
> 의희한 나뭇빛은 푸른 일산(日傘)처럼 퍼져 있고
> 고요히 이는 강물은 흰 비단을 두른 듯하다.
> 광음(光陰)은 비조(飛鳥)같이 빠르거늘
> 세사(世事)는 속절없어 놀란 물결 무상하다.

---

[12] **백옥례(白玉醴)** 선인(仙人)이 마시는 단술.
[13] **홍규포** 용육(龍肉)으로 만든 포(脯).
[14] **신호사(神護寺)** 평양 서남쪽 창관산(蒼觀山)에 있는 절.
[15] **주암(酒巖)** 평양 동북쪽 십 리에 있음.

이날 밤 깊은 정회(情懷) 누가 알겠는가?
깊은 숲 풍경(風磬) 소리 끝없이 울리네.

옛 성을 바라보니 대동강이 여기로다.
푸른 물결 맑은 모래 우는 저 기러기
기린은 오지 않고 고운 님 여읜 뒤
퉁소 소리 끊어지고 높은 무덤 뿐이로다.
갠 산에 다시 비가 오려나, 내 시(詩)는 지어졌네.
외로운 절은 고요하니 술 한잔 건들 취해
술 속에 빠진 동타(銅駝)[16] 가련하여 어찌 볼까?
몇 천 년 묵은 자취 뜬구름이 되었구나.

풀 밑에서 슬피 우니 쓰르라미 소리로다.
높은 정자 오르니 님 생각조차 아득한데
그친 비 남은 구름 옛일이 슬프구나.
떨어진 꽃 흐르는 물에 세월을 느끼는데
가을이라 밀물 소리 더더욱 비장하구나.
물에 잠긴 저 다락에 달빛 마저 처량하니
알게나, 이곳은 옛날 번성한 곳이니
거친 성 늙은 나무 남의 애를 끊는구나.

금수산(錦繡山) 앞인가? 강산도 가련 하구나.
단풍은 붉은 채 옛 성을 비춰 주고
가을밤 방추(紡錘)[17] 소리 유달리 요란한데
배 저어라, 한 곡조에 어정(漁艇)[18]은 돌아오네.
바위에 기댄 고목 담쟁이가 얽혀 있고

16. **동타(銅駝)** 구리로 만든 낙타(駱駝).
17. **방추(紡錘)** 물레의 가락.

숲속에 누운 빗돌 이끼 가득 끼었구나.
말없이 난간에 기대어 옛일을 생각하니
달과 파도 소리 슬픔을 자아내네.

성긴 별 몇 개인가, 푸른 하늘 속삭이는데
은하수 맑고 달빛은 밝다.
알아라, 변화 많은 옛일은 이제 보니 헛것이라
저승을 기약하겠는가, 이승에서 만나보세.
술 한잔 가득 부어 취해 본들 어떠하리
풍진(風塵) 삼척검(三尺劍)을 마음에 두겠는가?
만고의 영웅들도 진토 되었으니
세상에 남긴 건 허명뿐이로다.

이 밤이 어찌 됐나, 밤은 이미 깊었구나.
담장에 걸린 달은 오늘 저녁 둥글건만
진토를 떠나려는데 님은 어찌 하려는가?
한없는 즐거움을 나와 함께 누리리라.
강 위의 구슬 다락 사람들은 흩어지고
뜰 앞에 예쁜 나무 이슬 처음 듬뿍할때
묻노라, 어느 때에 서로 거듭 만나려나?
봉래산 복숭아 익고 푸른 바다 마르네.

홍생은 그 시를 읽고 나서 매우 기뻐하였다. 그래서 여인이 빨리 돌아갈까 두려워 여인을 만류하였다.

"죄송하오나 당신의 성씨와 보계(譜系)를 듣고자 하오이다."

18. **어정(漁艇)** 고기잡이 배.

여인이 대답하였다.

"이 몸은 옛 은(殷)나라 왕(王)의 후예인 기씨(箕氏)의 딸이옵니다. 선조이신 기자(箕子)님께서 처음 이 땅에 오셔서 모든 예법과 정치를 한결같이 성탕(成湯)님의 유훈에 따라 정하셨습니다. 그리하여 팔조금법(八條禁法)이 세워졌사옵니다. 그 후 오랫동안 문화가 빛나다가 갑자기 국가와 민족이 비운에 빠져 버렸사옵니다. 선고(先考)이신 준왕(準王)께서는 필부의 손에 패하여 마침내 국가를 잃으시고, 위만(衛滿)이 이 틈에 보위(寶位)를 도적질하였사옵니다. 저는 이때를 당하여 스스로 절개를 지키기로 맹세하고 죽기만 기다렸습니다. 그런데 마침 거룩한 선인이 나타나셔서 저를 어루만지며 하시는 말씀이, '내 본디 이 나라의 시조(始祖)로서 부귀를 누리고 바다 가운데 섬에 들어가 선인이 된 지 벌써 수천 년이 되었느니라. 그대는 나와 함께 상계(上界)[19]에 올라가 즐겁게 노는 것이 어떻겠느냐?' 라고 하시기에 곧 응하였사옵니다. 선인께서는 저를 당신이 살고 있는 곳에 이끌어 곧 별당을 지어 주셨고, 또 나에게 삼신산의 불사약을 주셨사옵니다. 그 약을 먹은 뒤 갑자기 몸이 가벼워지고 기분이 상쾌하였는데, 공중에 높이 떠올라 세상을 굽어보며 온갖 명승지를 빠짐없이 유람하였사옵니다. 어느 날 가을, 하늘이 맑고 유난히 밝은지라 별안간 멀리 날아갈 생각을 하였사옵니다. 드디어 달나라에 올라 광한청허지전(廣寒淸虛之殿)[20]을 구경하고, 수정궁(水晶宮)[21]에도 찾아가 항아(姮娥)[22]를 방문하였사옵니다.

---

[19] **상계(上界)** 하늘 위의 세계.
[20] **광한청허지전(廣寒淸虛之殿)** 월궁(月宮)을 말함.

항아는 제가 절개가 곧고 글월에 능통한 걸 알고 꾀어 이르기를, '인간 세
상에 명승지가 없는 건 아니나 모두 풍진이 소란하다. 어찌 청천에 한 번
솟아 흰 난조를 타고 맑은 향내를 계수에 뿜으며, 옥경(玉京)[23]에서 설렁이
거나 은하에서 목욕하는 것과 같을 것인가' 하였사옵니다. 그리고 그 즉시
저를 향안(香案)[24]의 시녀로 하여금 양쪽에서 모시게 하니 그 기쁨이야 이
루 다 말할 수 없었사옵니다. 그런데 오늘 저녁, 갑자기 고국 생각이 간절
하여 하계의 인생을 내려다보니, 산천은 의구하나 인물은 간데없고 명월
은 내를 덮고 백로는 티끌을 씻었는지라, 이에 옥경을 하직하고 슬며시 하
계로 내려와 조상님 무덤을 배알하고 부벽정에 올라 시름을 달래려 하였
는데, 마침 당신을 만나 한없이 기쁘기도 하면서 또한 부끄럽기 짝이 없사
옵니다. 더구나 노둔(鷺鈍)[25]한 붓을 들어 아름다운 시에 화답하였으니, 시
라고 하기에는 부끄럽지만 마음속에 품은 생각을 나타낸 것이옵니다."

홍생은 머리를 숙여 여인에게 절하며 말하였다.

"하토(下土)[26]의 어리석은 이 백성은 초목과 함께 썩는 게 마땅한데, 존
귀하신 선녀님과 시(詩)를 창수(唱酬)[27]하리라고 어찌 꿈엔들 기약하였으
리요. 또한 인간의 모든 것을 청산하지 못한 저로서는 주시는 음식도 먹지

못하고, 다만 글자를 조금 알고 있어 내려 주신 시를 읊어 보았을 뿐이옵니다. 다시 강정추야완월(江亭秋夜玩月)을 제목으로 삼아 시 한 편을 지어 주시면 어떻겠나이까?"

여인이 곧 승낙하여 붓을 풀어 한 번 쓰는데 마치 구름과 내가 서로 찬란하게 어울리는 듯하였다.

> 부벽정 달 밝은 밤 높은 하늘 옥로(玉露)[28] 내려
> 맑은 빛 흐르는데 은하수도 잠겼어라.
> 희디흰 삼천 리요 아리따운 열두 누(樓)[29]에
> 구름도 한 점 없고 두 눈에는 맑은 바람
> 흐르는 강물에 배는 떠서 가는데
> 선창(船窓)도 엿보며 갈꽃 물가 비쳐 주네.
> 예상곡(霓裳曲)을 들으려나 옥도끼로 깎았던가?
> 금조개로 집을 짓고 탑 그림자 비끼는데
> 지미(至微)와 구경하거나 공원(公遠)과도 놀아 보세.
> 달빛 차니 까치 놀라 날고 오(吳)의 소는 헐떡인다.[30]
> 은은한 곳 푸른 산이요 둥글둥글 바다 위를
> 님과 함께 거닐 것이니, 주렴 고리 높이 걸어
> 오강(吳剛)은 계수 깎고[31] 이백(李白)은 술잔 멈추고
> 찬란한 비단병풍에 수놓은 휘장 치고
> 보배 거울 걸고 얼음 바퀴 구를 때
> 금물결은 쓸쓸하고 은하수는 떨어지네.

---

[28] **옥로(玉露)** 구슬처럼 맑게 방울진 이슬.
[29] **누(樓)** 신선이 산다고 하는 곳.
[30] **오(吳)의 소는 헐떡인다** 오(吳)나라 소는 달을 보고도 태양인 줄 알고 헐떡인다고 하는 말.
[31] **오강(吳剛)은 계수 깎고** 오강이 달에 있는 계수를 깎는다는 전설.

금두꺼비 베려나, 옥토끼를 사냥할 때

먼 하늘이 활짝 개고 좁은 길에는 내 녹았네.

숲에 솟은 헌함(軒檻)[32] 아래 깊은 못물 굽어 보고

머나먼 길 아득 잃고 고향 친구 만났도다.

좋은 시를 주고받아 이름난 술 가득 부으니

아껴 보세, 이 광음을 취하도록 또 한 잔

화로 속의 까만 숯불 게 끓이는 쟁개비[33] 로다.

용봉탕을 맛보려나, 항아리에 가득 찼네.

소나무에 외로운 학은 울고 네 벽에는 귀뚜라미

호상(胡狀)의 말 끝나면 먼 물가에 노닐 것이요

황성(荒城)은 의희하고 우는 잎은 소소할 때

붉은 단풍 누런 갈대 쓸쓸하기 그지없네.

선경(仙境)은 끝없이 넓고 진토에는 세월 빨라

벼 익은 옛 궁터요, 고목 우거진 들의 고사(古祠)로다.

남은 자취는 돌뿐인가, 흥망은 백구(白鷗)에게 물어 보리라.

맑은 빛이 몇 번 찼는가, 인생이란 하루살이

고운 님은 어디 가고 궁궐 조차 절이 됐나?

깊은 숲속 가린 휘장 반딧불만 번득이는데

옛날 일도 슬프건만 오늘 근심 어이 하리.

목멱산(木覓山)은 단군터요, 기자 여기 오셨던가?

굴 속에는 무엇 있나, 기린 자국 완연 하다.

들판에서 주운 물건 숙신(肅愼)의 화살[34] 이로다.

선녀는 용을 타고 문사 또한 붓을 멈춰

난초라, 매운 향내 푸른 공중에 풍기는데

곡조를 마친 뒤 하직 이란 웬 말인가?

---

32. **헌함(軒檻)** 누각 따위의 대청 기둥 밖으로 돌아가며 놓은 좁은 마루.

33. **쟁개비** 무쇠나 양은으로 만든 작은 냄비.

34. **숙신(肅愼)의 화살** 고조선 시대 만주에 있었던 숙신(肅愼)에서 만든 유명한 화살.

바람은 고요한데 놋소리만 처량하구나.

여인은 다 쓰고 나자 붓을 던져 버리고는 공중으로 높이 솟아 사라지고, 다만 시녀를 시켜 홍생에게 말을 전할 뿐이었다.

"옥황상제님의 영이 엄하시어 저는 곧 흰 난조를 타고 돌아가옵니다만, 청아한 이야기를 다 끝내지 못한 것이 못내 섭섭할 따름이옵니다."

그 후 얼마 지나지 않아 갑자기 회오리바람이 불어 홍생이 앉았던 자리를 걷어 가고 시를 허공에 날려 버렸다.

홍생은 정신이 나간 사람처럼 한참 동안 서서 곰곰이 생각하였다. 꿈도 아니고 생시도 아닌지라 난간에 홀로 기대어 정신을 차린 뒤 여인이 한 말들을 기록하였다.

그리고는 좋은 인연을 얻어 흉중에 쌓인 이야기를 다 못하였음을 한탄하며 시를 한 수 읊었다.

> 비인가 하였더니 구름이되 하염없이 한 꿈이라.
> 가신 님은 언제나 퉁소 불며 돌아올꼬.
> 대동강 푸른 물결 무정하다 마소서.
> 님 여읜 저곳으로 슬피 울며 나는구나.

홍생이 시를 다 읊고 나자 산사에서 종이 울리고 물가 마을에서 닭이 노래를 불렀다. 달은 서천에 걸려 있고 샛별만 반짝이는데, 뜰 아래 쥐와 상 밑 벌레 소리만 들려올 뿐이었다.

홍생은 초연히 슬프기도 하고, 한편으로는 온몸이 수굿[35]하여 서둘러 배에 올라타고 옛 물가에 닿았다. 홍생이 돌아온 걸 알게 된 친구들은 서로 앞다투어 물었다.

"도대체 어젯밤엔 어디서 자고 이제야 오는가?"

홍생은 거짓으로 말하였다.

"사실은 어제 낚싯대를 메고 달빛을 따라 장경문(長慶門)[36] 밖 조천석까지 가서 고기를 낚으려 하였네. 하지만 밤이 서늘하고 물결이 찬 탓에 붕어 한 마리도 낚지를 못했다네."

친구들은 아무도 홍생의 말을 의심하지 않았다. 그 후 홍생은 그 여인을 잊지 못해 병을 얻어 집으로 돌아갔다. 홍생은 정신이 멍하고 말의 앞뒤가 맞지 않아 오랫동안 자리에 누워 있었지만 조금도 차도가 없었다. 그러던 어느 날 꿈속에 소복차림을 한 여인이 나타나 홍생에게 말하였다.

"우리 아씨께서 그대의 재주를 몹시 사랑하시어 견우성 막하(幕下)의 종사(從事) 벼슬을 명하였사오니, 하루 속히 부임하시는 게 어떠하옵니까?"

홍생이 깜짝 놀라 꿈에서 깨어나 깨끗하게 목욕을 한 뒤 향을 태웠다. 자리를 정리하고 다시 누워 있다가 문득 세상을 떠나게 되니 바로 구월 보름이었다.

홍생의 시신을 빈소에 안치한 지 여러 날이 되었건만 얼굴빛은 전혀 변하지 않았다.

이를 두고 세상에서는,

"홍생은 아마 신선을 만나 시신이 선화(仙化)한 것 같다."라고 추측할 뿐
이었다.

南炎浮洲志

남염부주지

세조 즉위 10년 무렵의 일이었다. 경주(慶州)에 박생(朴生)이라는 선비가 살고 있었는데, 일찍부터 유학(儒學)에 뜻을 두고 태학(太學)[1]에 추천생(推薦生)으로 응시하였다. 하지만 낙방을 하자 우울한 심정으로 나날을 보내고 있었다.

박생은 뜻이 높아 세도가들에게 아부하지 않았다. 그런 박생을 거만한 젊은이라고 여기는 사람도 있었지만, 박생이 남들과 교제할 때 온화한 태도를 보이자 점점 사람들의 칭송이 자자해 갔다.

박생은 오래 전부터 불교, 무당, 귀신 등 모든 것에 의심을 품고 있었는데, 『중용(中庸)』과 『역경(易經)』을 읽고 나서는 더욱 자신의 학설에 대해 자신을 얻었다. 한편으로는 그의 성격이 순진해서 불교 신자들과도 친하게 지냈다.

---

[1] **태학(太學)** 조선 시대 성균관의 별칭.

어느 날, 박생은 한 승려에게 천당과 지옥에 관하여 말하다가 의심나는 게 있어 물었다.

"천지에는 다만 음(陰)과 양(陽)이 있을 뿐인데 어찌 천지 밖에 다시 천지가 있단 말이요?"

승려가 대답하였다.

"명확하게 말하기는 어려우나 아마 화복(禍福)의 갚음은 있을 것이외다."

그러나 박생은 승려의 말을 믿지 않고 「일리론(一理論)」이라는 글을 스스로 지어 이단적 유혹에 빠지지 않으려 애썼다. 「일리론」의 요지는 다음과 같았다.

〈내 일찍이 옛말을 들은 바, 천하의 이치는 오로지 한 가지가 있을 뿐이라고 하였다. 한 가지라 함은 둘이 아님을 이름이라. 그리고 이치란 천성을 말함이요, 천성이란 하늘의 명령을 말함이다. 하늘이 음양과 오행(五行)으로 만물을 낳을 때, 기(氣)로써 얼굴을 이룩하였고, 이에 이(理)가 첨가된 것이다. 그리고 이치라는 건 일용(日用) 사물(事物) 사이에 각각 조리(條理)가 있어, 예를 들면 부자(父子) 사이에는 친(親)함을 다하여야 할 것이며, 군신(君臣) 사이에는 의리를 다하여야 할 것이며, 부부(夫婦)와 장유(長幼) 사이에는 각기 당연히 행해야 할 길이 있을 것이다. 그러니 이치를 따르면 어디를 가더라도 통할 것이요, 이에 위반되어 천성을 잃어버리면 재앙이 미칠 것이니, 어떤 사물이라도 연구하여 나의 지식을 넓혀야 할 것이다. 인간으로서 이 어진 마음이 없을 수 없으며 천하의 만물에도 이 이치가 없지 않을 것이다. 천성인 자연을 따라 만물의 이치를 연구하고, 어떤 일이든 근본을 추궁하여 그 극치(極致)에 다다르면 곧 천하의 이치가 모두 마음 사이에 늘어서게 된다. 이러한 이치로 관찰하면 천하와 국가가 모두 여기에 포함되어, 천지 사이에 간여하여도 위반됨이 없을 것이고, 귀신에게 질문하여도 의심이 없을 것이며, 오랜 시간을 지나도 사라지지 않을 것이니, 유교의 종지(宗旨)는 이에 그칠 따름이다. 이로 보아 천하에 어찌 두 이치가 있으리요? 저 이단자의 말을 나는 굳이 믿지 않노라.〉

어느 날 밤, 박생은 등불을 돋우고 『역경』을 읽다가 몸이 피곤하여 깜빡 잠이 들었다. 홀연 양쪽 겨드랑이에 푸른 날개가 돋아나 훨훨 하늘을 날아갔는데 문득 한곳에 이르렀다. 곧 바다 가운데 있는 한 섬이었다.

그 땅에는 초목도 없고 흙도 없고, 발에 밟히는 것은 오직 구리 아니면 쇠붙이였다. 낮이면 사나운 불꽃이 공중에 뻗쳐 땅덩이가 녹아 내리는 듯하고, 밤이 되면 쌀쌀한 바람이 서쪽에서 불어와 사람의 뼈끝을 에는 듯하였다.

바다 가까이에 철성(鐵城)이 솟아 있었다. 철문은 굳게 잠겨 있고 몹시 영악하게 생긴 수문장(守門將)이 창과 철퇴로 지키고 있었다. 성 안에 살고 있는 사람들은 흑철(黑鐵)로 장식된 건물에 살았는데, 낮이면 철액(鐵

液)이 녹아 내릴 정도로 더웠고 밤이면 동결(凍結)될 만큼 추운 곳이었다. 그러나 아침이나 저녁이 되면 웃음과 말소리가 들려왔다.

박생은 이러한 모습을 보고 두려운 생각이 들었다. 그때 수문장이 손을 들어 박생을 불렀다. 박생은 몹시 당황하여 몸을 떨면서 앞으로 나아갔다. 수문장은 창을 똑바로 세우고 박생에게 물었다.

"그대는 누구요?"

박생이 대답하였다.

"저는 아무 나라에 사는 유생(儒生) 박아무개이옵니다. 모든 잘못을 용서해 주소서."

수문장이 다시 말하였다.

"유학자(儒學者)는 본디 남의 위협에도 굴복하지 않는다고 하는데, 그대는 어찌하여 이렇게 몸을 굽히시오? 우리 국왕께서는 오래 전부터 동방의 인류에게 말씀을 선포하고자 그대 같은 유학자를 기다려 왔소이다. 여기 조금 앉아 기다리시오. 내 곧 대왕께 아뢰겠소."

수문장은 어디로 들어갔다가 다시금 나와 박생에게 말하였다.

"대왕께서는 그대를 편전(便殿)[2]에서 맞이하고자 하시오. 그대는 아무쪼록 위엄에 두려워 말고 정직하게 대답하여, 이곳 백성으로 하여금 옳은 길을 알게 해주시오."

수문장의 말이 끝나자 검은 옷과 흰 옷을 입은 두 동자가 손에 책 두 권

---

[2] **편전(便殿)** 임금이 쉬거나 연회를 베푸는 별전(別殿).

을 가지고 왔다. 한 책은 검은 종이에 푸른 글자로 쓴 것이고, 다른 책은 흰 종이에 붉은 글자로 쓴 것이었다.

동자가 그 책을 박생에게 펴 보이는데, 박생의 이름이 붉은 글자로 씌어 있었다.

"현재 아무나라에 살고 있는 박아무개는 이승에서 아무런 죄가 없으므로 이곳의 백성이 될 수 없다."

박생이 그 글을 읽고 동자에게 물었다.

"내게 이 책을 보여 주는 건 어인 까닭이오?"

이에 동자가 대답하였다.

"검은 책은 악인의 명부이고 흰 책은 선인의 명부이옵니다. 선인의 명부에 실린 분은 대왕께서 예법으로 맞이하시고, 악인의 명부에 실린 자는 노예로 대우하오니, 이를 선비에게 알리려 하는 것이옵니다."

말을 마친 동자는 그 책을 가지고 도로 들어가 버렸다.

잠시 후 연좌(蓮座)³를 설치한 수레를 타고 어여쁜 아이들이 파리채와 일산(日傘) 등을 갖추고 나타났다. 그 곁에는 무사와 나졸들이 창을 휘두르며 오는데 호령이 추상같았다. 박생이 놀라 쳐다보니 앞에는 세 겹 철성으로 이루어진 대궐이 높이 솟아 있는데, 그 위에 뜨거운 불꽃이 공중을 뒤덮고 있었다.

길을 지나다니는 사람들은 무르녹은 쇳물을 마치 진흙 밟듯 하면서 걸

---

³ **연좌(蓮座)** 연꽃을 새긴 불좌(佛座).

어가고 있었다. 그러나 박생이 걸어가는 수십 보쯤 되는 거리는 평탄하여 속세나 다름없었다. 이는 필시 신력(神力)에 의한 듯싶었다.

그 나라 대궐에 이르니 사방 네 문이 모두 열려 있는데, 모든 시설과 물이 속세와 다를 바 없었다. 두 미인의 안내로 박생이 안으로 들어가니, 대왕이 통천관(洞天冠)⁴을 쓰고 문옥대(文玉帶)⁵를 두르고 뜰 아래까지 나와 맞이하였다.

박생이 땅에 엎드려 감히 쳐다보지도 못하는데 대왕이 말하였다.

"지역이 몹시 멀어 서로 통제할 권한도 없을 뿐만 아니라 이치에 통달하신 선비님을 어찌 위력으로 굴복시키겠소이까?"

대왕은 곧 박생의 소매를 잡고 대궐에 올라 특별히 자리를 정하여 준 뒤, 아이를 불러 다과를 준비하도록 명하였다. 박생이 눈을 들어 잠깐 엿보니, 차는 구리를 녹인 액체와 같았고, 과실은 철환과 다름이 없었다.

박생은 괴이하게 여기며 두려웠지만 어차피 피할 곳이 없는지라 그들이 하는 대로 내버려두었다. 다과가 올라오자 매운 향기가 온 대궐에 진동하였다.

그때 대왕이 말하였다.

"선비님은 이곳이 어딘지 모르실 것이오. 여기는 곧 속세에서 이르는 염부주(炎浮洲)라는 곳이오. 대궐의 북쪽은 옥초산(沃焦山)이고, 이 섬은 남쪽에 멀리 떨어져 있어 남염부주(南炎浮洲)라고 부르오. 염부라는 말은 사

----

⁴ **통천관(洞天冠)** 임금이 정사를 볼 때 쓰던 관(冠).
⁵ **문옥대(文玉帶)** 문채(文彩) 나는 옥으로 만든 띠.

나운 불꽃이 항상 공중에 떠 있음을 말함이고, 내 이름을 염마(焰摩)라 부르는 까닭은 불꽃이 내 육신을 언제나 마찰하기 때문이오. 내가 이곳의 대왕이 된 지 이미 일만여 년이 되었소. 옛날 창힐(蒼頡)[6]이 글자를 처음 만들었을 때에는 우리 백성들을 보내 울게 하였고, 석가(釋迦)가 불도(情道)를 닦을 때에는 내 제자들을 보내 보호하였소. 하지만 중국의 삼황(三皇)[7]과 오제(五帝)[8], 주공(周公)[9], 공자(孔子)는 각기 자기의 도를 지켰기 때문에 나로서는 아무런 관계도 하지 않았소."

이에 박생이 물었다.

"주공, 공자, 석가는 각기 어떤 인물이옵니까?"

대왕이 대답하였다.

"주공과 공자는 중국에서 탄생한 성인(聖人)이고, 석가는 인도의 간흉(姦兇)한 민족이 낳은 성인이었소. 그러나 아무리 분명한 시대라 하여도 사람의 성품은 순수한 것과 박잡(駁雜)[10]한 것 두 갈래가 있어 혼란스러운 법이오. 그런데 주공과 공자께서는 이것을 통솔하셨고, 간흉한 민족이 비록 몽매하더라도 그 기운에 날카롭고 둔한 차이가 있기 때문에 석가는 이것을 깨우쳐 주었던 것이오. 또한 주공과 공자의 가르침은 정도(正道)로써 사도(邪道)를 물리쳤기 때문에 그 말씀이 정직하였고, 석가의 가르침은 사

---

^{6.} **창힐(蒼頡)** 고대 중국의 전설적인 제왕인 황제의 사신(史臣)으로 처음 글자를 만들었다고 전해짐.

^{7.} **삼황(三皇)** 고대 중국의 전설상의 세 임금. 곧 수인씨, 복희씨, 신농씨.

^{8.} **오제(五帝)** 고대 중국의 제왕(帝王).

^{9.} **주공(周公)** 주(周)나라를 세운 문왕(文王)의 아들로 주나라의 기초를 세움.

^{10.} **박잡(駁雜)** 지식이나 생각이 뒤섞이어 어수선함.

도(邪道)로써 사도(邪道)를 물리쳤기 때문에 그 말씀이 황탄(荒誕)[11]하여 소인(小人)들이 믿기 쉬웠던 것이오. 그러나 종말에는 모든 군자와 소인으로 하여금 정도(正道)로 나아가도록 하였으니, 결코 이도(異道)로써 속세의 사람을 속이는 건 아니오."

박생이 다시 대왕에게 물었다.

"그러면 귀신이란 어떤 것이옵니까?"

대왕이 대답하였다.

"귀(鬼)는 음(陰)의 영(靈)이요, 신(神)은 양(陽)의 영이오. 대체로 귀신이라는 것은 조화(造化)의 자취이며, 음양의 양능(良能)[12]이오. 살았을 때에는 인물(人物)이라 하고 죽으면 귀신이라 하지만 그 이치는 아마 다르지 않을 것이오."

박생이 계속해서 물었다.

"속세에서는 귀신에게 제사 지내는 예법이 있사온데, 제사의 귀신과 조화의 귀신은 어떻게 다른지요?"

대왕이 이에 대답하였다.

"다를 것이 없소이다. 옛말에 이르기를, 귀신이란 소리도 없고 형체도 없으며, 단지 물질의 시종(始終)이 음양의 합산(合算)에 따르는 것이라 하였소. 따라서 천지에 제사 지내는 건 음양의 조화를 존경하는 것이고, 산천에 제사 지내는 건 기화(氣化)의 승강(昇降)을 갚으려 하는 것이고, 조상

---

11. **황탄(荒誕)** 터무니없고 허황함.
12. **양능(良能)** 본디부터 갖추어진 능력. 타고난 재능.

에 제사 지내는 건 근본에 보답하려 하는 것이고, 육신(六神)[13]에 제사 지내는 건 재앙을 면하려 하는 것이오. 그러므로 형체가 뚜렷하게 있는 것도 아니고 인간에게 화복을 주는 것도 아닌데, 사람들이 부질없이 귀신이 있다고 생각하는 것이오. 공자께서 귀신은 공경하면서도 멀리해야 한다고 하신 말씀은 필시 이를 염두에 두신 것이 아니겠소?”

박생이 또 대왕에게 물었다.

“속세에는 일종의 사귀(邪鬼)와 요물(妖物)이 사람을 해치는 일이 있사온데, 그렇다면 이것도 귀신이라고 볼 수 있사옵니까?”

이에 대왕이 대답하였다.

“그렇지 않소. 귀는 굽힌다[屈]는 뜻이고, 신은 편다[伸]는 뜻이니, 굽혀도 펼 줄 아는 게 조화의 신이요, 굽히기만 하고 펼 줄 모른다면 울결(鬱結)[14]된 요괴일 것이오. 천지의 신은 조화와 합하기 때문에 음양과 함께 그 자취가 없소. 하지만 요물의 신은 인물(人物)과 혼동되어, 산에 있는 요물은 ‘초(魈)’라 하고, 물에 있는 요물은 ‘역(魊)’이라 하고, 수석(水石)의 요물은 ‘용망상(龍罔象)’이라 하고, 목석 (木石)의 요물은 ‘기망량(夔魍魎)’이라 하고, 물건을 잘 해치는 요물은 ‘여(厲)’라 하고, 남을 괴롭히는 요물은 마(魔)라 하고, 물건에 의지하는 요물은 ‘요(妖)’라 하고, 사람을 유혹하는 요물은 ‘매(魅)’라고 하오. 이들은 모두 ‘귀(鬼)’라고 할 수 있소. 다른 한편 신(神)이란 음양의 헤아릴 수 없음을 이름이니 묘용(妙用)을 말하는

---

13. **육신(六神)** 풍백(風伯), 우사(雨師), 영성(靈星), 선농(先農), 사(社), 직(稷)을 말함.
14. **울결(鬱結)** 맺혀서 풀리지 않음.

것이요, 귀란 근본으로 돌아가는 것을 말하는 것이오. 근본으로 돌아가는
건 '정(靜)'이라 하고, 천명(天命)을 회복하는 건 '상(常)'이라 하고, 조화
의 시종(始終)을 같이하면서도 조화의 자취를 알 수 없는 건 '도(道)'라 하
는 까닭에, 중용(中庸)에서 귀신의 덕이 크다 한 것이오."

박생이 계속해서 물었다.

"불가(佛家)의 말에 의하면, 하늘 위에는 천당(天堂)이라는 극락 세계가
있고 땅 밑에는 지옥(地獄)이 있어, 명부(冥府)[15]의 시왕(十王)이 18옥(獄)[16]
의 죄인들을 다스린다고 하는데 이것이 사실인지요? 또한 사람이 죽은 지
49일이 되면 부처님께 재(齋)를 올려 그 영혼이 천당에 갈 수 있도록 추천
하고, 대왕께도 지전(紙錢)이란 뇌물을 바쳐 그 죄를 청산한다고 하는데,
그렇다면 아무리 간악한 인간이라도 대왕은 용서해 주신다는 것이옵니
까?"

대왕이 대답하였다.

"그건 처음 듣는 말이오. 옛사람이 이르기를, 일음(一陰) 일양(一陽)을
'도(道)'라 하고, 한 번 열리고 한 번 닫히는 건 '변(變)'이라 하고, 생생(生
生)하는 건 '역(易)'이라 하고, 망령됨이 없는 건 '성(誠)'이라 하였소. 그
렇다면 어찌 건곤(乾坤)[17] 밖에 다시 건곤이 있으며, 천지 밖에 다시 천지
가 있단 말이오? 또한 '왕(王)'이란 백성들이 임금을 추대하는 존칭이오.

---

^{15.} **명부(冥府)** 저승, 황천. 또는 사람이 죽어서 심판을 받는다는 저승의 법정.

^{16.} **18옥(獄)** 저승에 있다는 18개 지옥.

^{17.} **건곤(乾坤)** 하늘과 땅. 천지. 음양.

옛날 삼대(三代)[18] 이전에는 임금들을 모두 왕이라 일컬었고, 공자의 춘추(春秋)에서도 '주(周)'를 높여 그 왕을 천왕(天王)이라 하였으니, 그 이상의 존칭은 있을 수 없을 것이오. 그럼에도 불구하고 진(秦)이 육국(六國)을 멸한 뒤, 자기의 덕은 삼황(三皇)을 겸하고 공훈은 오제(五帝)를 능가한다 하여 왕을 황제로 고친 뒤에는 참람(僭濫)[19]되게 왕이라 자칭하는 자가 많았고, 또한 우매한 속세 사람들이 인간의 실정은 말하지 않고 신도(神道)만 숭배하니, 어찌 이 한 지역 안에 임금이 난립하지 않을 수가 있겠소? 하늘에는 두 해가 없고 백성들에게는 두 임금이 있을 수 없는 법이오. 또 지전을 바치면서 재를 올린다는 속세의 일을 나는 실상 알지 못하오. 그러니 그대가 좀 자세히 이야기해 주시오."

이에 박생이 자세하게 말하였다.

"속세에서는 부모가 돌아가시고 49일이 되면 양반이나 상민이나 할 것 없이 상장(喪葬)의 예를 치르기도 전에 먼저 절부터 찾아가 재를 올리고 있사옵니다. 부호가(富豪家)들은 과도한 비용을 들여서 재를 올리고, 가난한 집에서는 논밭을 팔아 재를 올립니다. 또 종이를 교묘히 오려 기(旗)를 만들고, 비단을 베어 꽃을 만든 뒤 중을 맞이하여 복전(福田)[20]을 닦는가 하면, 불상(佛像)을 모시고 주문(呪文)을 외우는데, 마치 새와 쥐가 지저귀는 것과 같아 무슨 뜻인지 알 수가 없사옵니다. 게다가 상주(喪主)가 아내,

---

[18] **삼대(三代)** 중국 하(夏), 은(殷), 주(周)의 세 나라.
[19] **참람(僭濫)** 분수에 맞지 않게 지나침.
[20] **복전(福田)** 부처를 봉양하여 얻은 복.

자식, 친척들을 모두 불러모으는 바람에 낭자한 대소변이 극락(極樂)의 정토(淨土)를 더럽히고 있는 실정이옵니다. 그뿐만이 아니라 시왕(十王)을 초대한다며 주찬(酒饌)을 갖추어 제사를 지내는데, 진정 시왕이 있다면 예를 돌보지 않고 탐욕스레 이걸 받겠사옵니까? 그도 아니라면 불법(佛法)에 따라 중벌에 처하겠사옵니까?"

대왕이 놀라 대답하였다.

"대관절 그게 무슨 말씀이오? 사람이 이 세상에 태어날 때 하늘은 어진 성품을 갖게 하고, 땅은 곡식을 주고, 임금은 법령으로 다스리고, 스승은 도리를 가르치고, 어버이는 은혜와 사랑으로 길러 주는 법이오. 그런 까닭에 오륜(五倫)이 차례가 있고 삼강(三綱)이 어지럽지 않은 것이니, 이를 잘 따르면 상서로운 것이 오고 거역하면 재앙이 오는 것이오. 즉, 상서와 재앙은 자기 자신에게 달린 것이오. 사람이 죽으면 정신과 기운이 이미 흩어져 오직 근본으로 돌아갈 뿐인데, 어찌 다시 어둠 속에 멈추어 있겠소? 다만 원통한 혼백과 비명(非命)에 간 원귀(冤鬼)들만이 억울한 죽음으로 인해 기운을 펴지 못하여, 간혹 원한 맺힌 집에 나타나거나 무당에 의탁하여 자기의 뜻을 나타내거나 사람에게 의지하여 슬픔을 하소연할 뿐이라오. 이것은 비록 정신이 흩어지지 않아도 결국 아무것도 없는 곳으로 돌아가는 것이니, 어찌 형체를 지옥에 빌려주면서 죄벌을 받겠소? 이것은 이치를 연구하는 학자들이 짐작할 일이고, 부처님께 재를 올리고 시왕에게 제사 지내는 건 더 말해 무엇하겠소. 원래 재라는 건 정결(淨潔)을 뜻하고, 부처는 청정(淸淨)을 뜻하고, 왕은 존엄을 말하는 것이니, 어찌 부처가 세속의 공양을 맛볼 것이며, 왕이 죄인의 뇌물을 받을 것이며, 명막(冥漠)의 귀(鬼)가 인간의 죄악을 용서해 줄 것이오? 이것 또한 이치를 연구하는 선비가 마땅히 생각할 일이 아니겠소?"

박생이 다시 물었다.

"그렇다면 윤회설(輪廻說)에 대해서는 어떻게 보아야 하겠습니까?"

대왕이 대답하였다.

"정신이 흩어지지 않았을 때에는 마치 윤회의 길이 있는 듯하지만 시간이 오래 경과하면 자연히 소멸되고 마는 것이오."

박생은 계속해서 대왕에게 물었다.

"대왕께서는 무슨 인연으로 이 사나운 땅의 왕이 되셨습니까?"

대왕이 대답하였다.

"내 일찍이 인간으로 있을 때 국가와 민족을 위하여 충성을 다하였기에, 죽은 뒤에도 마땅히 여귀가 되어 적을 무찌르겠다고 맹세하였소. 그래서 죽고 나서도 그 정신이 사라지지 않아 이 몹쓸 땅에 와서 왕이 된 것이라오. 여기 백성들은 모두 전세(前世)에 간흉과 반역의 죄악을 지었는데, 이 땅에 환생하여 나의 통제를 받으며 그릇된 마음을 고치려 하고 있소. 그런 까닭에 정직한 마음을 지키고 사리사욕을 버리지 않고서는 이 땅의 왕이 될 수 없소. 내 일찍이 들은 바, 그대는 정직하고 굴하지 않는 천고(千古)의 달인(達人)[21]이라 하였소. 그렇지만 그대의 높은 뜻을 세상에 한 번도

---

[21]. **달인(達人)** 널리 사물의 이치에 통달한 사람.

펴보지 못했으니, 마치 형산(荊山) 백옥(白玉)이 티끌에 묻혀 있고, 밝은 달이 깊은 못에 빠진 것과 같소. 만일 슬기 있는 공인(工人)을 만나지 못한다면 뉘라서 참다운 보배를 알아주겠소? 이제 나는 운명이 다하여 이 자리를 떠나야 하고, 그대 또한 명수(命數)가 끝났으니 이 땅 백성들을 맡아 주도록 하오.”

말을 마친 대왕은 박생을 위해 잔치를 베풀었다.

잠시 후 대왕이 삼한(三韓)의 흥망(興亡)에 관하여 묻자, 박생은 자세하게 이야기해 주었다. 마침내 고려 건국에 이르자 대왕은 여러 번 탄식하며 말하였다.

“나라를 맡은 자는 폭력으로 백성을 눌러서는 안 되오. 처음에는 백성들이 잠시 따르더라도 나중에 가면 불평불만이 쌓여 종시 난리가 일어나는 법이오. 또한 덕이 없는 자는 그 지위를 차지할 수 없소. 본디 나라는 백성들의 것이요, 명령이란 하늘의 명령이니, 천명(天命)이 가고 민심이 떠난다면 아무리 몸을 보존하려 하여도 불가능할 것이오.”

박생이 다시 역대 제왕(帝王)들이 이도(異道)를 믿다 재앙을 입은 일을 이야기하자, 대왕이 이맛살을 찌푸리며 말하였다.

“백성들이 즐겁게 노래하는데도 수한(水旱)²²의 재앙이 나는 건 하늘이 임금으로 하여금 매사에 삼가라고 암시하는 것이오. 백성들이 원망하는데도 상서로운 일이 나타나는 건 요괴가 임금을 더욱 교만하고 방종하게 만

---

²² **수한(水旱)** 홍수와 가뭄.

드는 것이오. 그러니 역대 제왕들이 재앙을 입을 때 백성들은 안락했소? 아니면 원망하였소?"

박생이 대답하였다.

"간신(奸臣)이 벌 떼처럼 일어나고 큰 난리가 여러 번 일어났는데도 임금이 백성들을 억누르며 정치를 하였으니, 백성들이 어찌 안락하였겠사옵니까?"

그러자 대왕이 탄식하며 말하였다.

"아, 그대 말씀이 지당하오."

대왕은 왕위를 박생에게 물려주고자 잔치를 거두게 하고 손수 선위문(禪位文)[23]을 지어 박생에게 내렸다. 그 내용은 다음과 같았다.

"우리 염주 땅은 실로 야만의 나라이다. 옛날 하우(夏禹)의 발자취가 여기에는 이르지 못했고, 주목왕(周穆王)의 말발굽도 미친 적이 없었다. 붉은 구름이 햇빛을 덮고 독한 안개가 공중을 막아, 목이 마를 때에는 녹은 구리 물을 마시고, 배가 주리면 쇠를 먹는다. 야차(夜叉)[24]나 나찰(羅刹)[25]이 아니면 발붙일 곳이 없고, 도깨비가 아니면 그 기운을 펼 수가 없다. 화성(火城)이 천 리요, 철산(鐵山)은 만 겹이다. 백성들의 풍속이 사납고 악해 정직하지 않으면 그 간사함을 판단할 수가 없고, 지세가 험악하여 신성(神聖)한 위엄이 없으면 그 조화를 베풀 수가 없다. 박생은 사람됨이 정직

81

하고, 사리사욕에 치우치지 않고, 굳세고 씩씩하여 결단성이 있고, 재질(才質)이 남과 달라 모든 백성들의 기대에 어긋남이 없는 인물이다. 경(卿)은 마땅히 도덕과 예법으로 백성들을 지도하여 온 누리를 태평하게 해주시오. 내 이제 하늘의 뜻에 따라 요(堯), 순(舜)의 옛일을 본받아 이 자리를 사양하는 것이니, 경은 삼가 받으시오.”

박생이 선위문을 받들어 예를 치르자, 대왕은 박생을 잠시 동안 고국으로 돌려보내며 칙령을 내렸다.

“머지않아 다시 이곳에 오게 될 것이오. 이번에 나와 주고받은 이야기를 인간 세상에 전파하여 황당한 전설을 모두 없애도록 하오.”

이에 박생이 대답하였다.

“명령대로 시행하겠사옵니다.”

박생은 대왕과 하직하고 대궐을 나와 수레를 탔다. 그때 말굽이 진흙 속에 빠지면서 수레가 갑자기 쓰러졌다. 박생이 깜짝 놀라 깨어보니 한바탕 꿈이었다. 서적들이 책상 위에 흩어져 있고 등불이 가물가물하여 박생의 마음은 더욱 혼란스러웠다.

박생은 인간 세상에 오래 있지 못할 것을 짐작하고 날마다 집안 일을 정리하였다. 그로부터 두어 달이 지나 박생이 갑자기 병이 들었다. 그러나 의원과 무당을 물리치고 결국 박생은 세상을 떠났다.

박생이 죽던 날 밤에 이웃 사는 사람이 꿈을 꾸었다. 꿈에 어떤 신인(神人)이 찾아와 말하기를,

“박생은 장차 염라왕(閻羅王)이 될 것이다” 라고 하였다.

龍宮赴宴錄

용궁부연록

개성(開城) 땅에 가면 천마산(天磨山)[1]이 있는데, 높이가 하늘까지 닿는다고 하여 천마라는 이름을 얻었다고 한다. 그 산 깊숙한 곳에 가면 용추(龍湫)[2]가 하나 보이는데 모두들 박연(朴淵)이라 부른다.

박연은 둘레가 얼마 되지 않지만 그 깊이는 몇 길이나 되는지 알 수 없을 정도다. 거기서 넘친 물이 백여 길이나 되는 폭포를 이루고 있다. 주변의 경치가 하도 맑고 아름다워 사람들이 기를 쓰고 찾아오는 곳이다.

오래 전부터 이곳에는 용신(龍神)이 살고 있다는 전설이 전해지는데 역사책에도 실려 있다. 나라에서는 세시(歲時)를 맞이할 때마다 반드시 소를 잡아 용신에게 제사를 지냈다.

고려 때, 개성에 한생(韓生)이라는 사람이 살고 있었다. 한

[1]. **천마산(天磨山)** 송악(松岳)의 북쪽에 있는 산으로 박연폭포가 유명함.
[2]. **용추(龍湫)** 폭포가 떨어지는 곳에 위치한 못.

생은 일찍부터 문장에 능하여 그 문명(文名)이 조정까지 알려졌다.

어느 날 한생이 홀로 방 안에 앉아 있는데, 갑자기 푸른 옷을 입고 두건을 쓴 두 사람이 공중에서 내려왔다. 두 사람이 뜰에 엎드려 고하였다.

"저희들은 박연에 계신 용왕(龍王)님의 분부를 받들어 선비님을 모시러 나왔습니다."

깜짝 놀란 한생이 두 사람에게 물었다.

"인간과 신국(神國)의 길이 다를진대 어찌 서로 통하리요? 더구나 물길이 멀고 풍파가 사나운데 어찌 갈 수가 있겠소?"

푸른 옷을 입은 두 사람이 대답하였다.

"문 밖에 이미 준마(駿馬)를 대령하였으니 염려하지 마소서."

두 사람이 한생의 소매를 붙잡고 문을 나서니 과연 준마 한 필이 있었다. 금으로 만든 안장과 옥으로 꾸민 굴레가 훌륭한데, 그 주위로 머리에 붉은 수건을 쓰고 비단 바지를 입은 사람이 십여 명 서 있었다.

사람들은 한생을 부축하여 안장에 오르게 한 뒤 일산(日傘)을 앞세우고 기악(妓樂)을 뒤따르게 하여 길을 떠났다. 푸른 옷을 입은 두 사람도 홀(笏)[3]을 들고 따라왔다.

말이 공중을 향해 날아가니 네 발굽 아래로 구름만 보일 뿐 땅은 이미 보이지 않았다.

한생 일행은 눈 깜짝할 사이에 용궁 문 앞에 도착하였다. 문 앞에는 방

---

[3] **홀(笏)** 대궐을 드나들 때 벼슬아치가 조복에 갖추어 손에 쥐던 패.

게, 새우, 자라의 갑옷을 입고 무기를 든 문지기들이 삼연(森然)하게 늘어서 있었다. 모두 눈이 길게 째졌는데 한생을 보고 예를 표한 뒤 의자를 권하였다.

같이 따라온 두 사람이 안으로 들어가더니 얼마 지나지 않아 푸른 옷을 입은 동자 둘이 나와 한생을 안으로 이끌었다. 한생이 조심스레 걸어가다 궁문(宮門)을 쳐다보니 현판에 함인지문(含仁之門)이라 씌어 있었다.

한생이 문에 당도하자 절운관(切雲冠)을 쓰고 칼을 찬 용왕이 뜰 아래까지 내려와 맞으며 대궐 위에 올라가 의자에 앉기를 청하였다. 곧 수정궁(水晶宮) 안의 백옥상(白玉狀)이었다.

한생이 자리를 사양하며 여쭈었다.

"하토(下土)⁴의 어리석은 백성은 초목과도 같은 처지인데 어찌 위엄을 헤아리지 않고 외람되이 사랑을 받겠습니까?"

용왕이 대답하였다.

"오랫동안 그대의 성화(聲華)⁵를 듣고 있었소. 높으신 얼굴을 이제야 뵈오니 의아하게 여기지 마시오."

용왕이 마침내 손을 내밀어 앉기를 청하자, 한생은 세 번 사양한 뒤 자리에 올랐다. 용왕이 남향(南向)으로 칠보상(七寶狀)⁶에 앉은 후 한생이 서향(西向)으로 앉으려 하자 문지기가 말하였다.

"손님들이 몇 분 더 오십니다."

용왕은 곧 문밖으로 나가 손님 세 명을 더 맞았다. 세 손님은 붉은 도포를 입고 채색 수레를 탔는데, 그 위의(威儀)와 시중 드는 사람들로 보아 임금의 행차 같았다.

그 순간 한생은 들창 밑에 몸을 숨겼다가 자리를 정하고 나서 손님들에게 예를 갖추어야겠다고 생각하였다. 용왕은 그들 세 손님을 동향(東向)으로 앉게 하였다.

용왕이 먼저 말하였다.

"마침 양계(陽界)[7]에 계신 문사(文士) 한 분을 맞았으니, 그대들은 의아하게 여기지 마시오."

용왕은 좌우 사람에게 명하여 한생을 들어오게 하였다. 한생은 끝내 윗자리에 앉기를 사양하며 말하였다.

"여러분은 귀중하신 몸이옵고, 저는 빈한한 선비에 불과한데 어찌 높은 자리에 오르겠사옵니까?"

그러자 세 손님들이 말하였다.

"허허 참, 그대와 우리들은 음양(陰陽)의 길이 달라 서로 통제할 권리가 없소이다. 게다가 용왕님은 인격이 높고 감상(鑑賞)하심이 밝으시니, 그대는 필시 양계(陽界)에서 문학의 대가(大家)일 것이오. 그러니 용왕님이 명하시는 대로 따르는 것이 어떠하시오?"

---

[7] **양계(陽界)** 이 세상. 이승.

용왕이 각기 자리에 앉기를 권하자 세 사람이 동시에 자리에 앉았다. 하지만 한생은 끝까지 겸양의 태도로 구석자리에 앉았다. 모두에게 차를 한 순배 돌린 후 용왕이 한생에게 말하였다.

"내 일찍부터 자식을 많이 두지 못해 오직 딸 하나만을 길렀소. 그런데 결혼할 시기가 되어 미구에 예를 치르려 하였으나 집이 누추하여 화촉을 밝힐 방도 없었소. 이제 별당 한 채를 지어 가회각(嘉會閣)이라 이름지었으나, 아직 상량문(上樑文)[8]을 마련하지 못하였소. 내 들으니, 그대가 이름을 삼한(三韓)에 떨치고 재주가 백가(百家)에 우뚝하다 하여 특별히 초대한 것이외다. 나를 위해 상량문 한 편을 지어주면 어떻겠소?"

그때 두 아이가 푸른 옥벼루, 소상(瀟湘) 반죽(班竹)으로 만든 붓, 그리고 이름난 비단 한 폭을 받들고 와 앞에 꿇어앉았다.

한생은 곧 일어나 붓을 잡고 즉석에서 글을 썼다. 글씨가 마치 구름과 내가 서로 어울리는 것 같았다.

"삼가 말씀드리건대, 이 누리 안에서는 용신(龍神)이 가장 성스럽고, 인물(人物) 사이에서는 배필이 지극히 소중하다. 이미 만물에 윤택한 공로가 있으니, 어찌 복 받을 터전이 없으리요? 그런 까닭에 관유는 『시경(詩經)』에서 읊었고, 나는 용을 『주역(周易)』에서 말하였다. 새로 집을 짓고 아름다운 이름을 높이 붙이려, 자라를 불러 힘쓰게 하고, 조개를 모아 재목을

87

삼고, 수정과 산호로 기둥을 세우고, 용골(龍骨)[9]과 낭간[10]으로 들보를 하였다. 주렴을 걷으면 산이 푸르고 구슬 들창을 열면 골짜기에 구름이 둘러처져 있다. 부부가 화락하여 백 년 복록을 누리고, 금실[琴瑟]이 좋아 금지(金枝)[11]를 만세(萬世)까지 뻗게 해다오. 풍운의 변화를 돕고 조화의 공덕을 나타내어, 높은 하늘에 오를 때나 깊은 못에 내릴 때나, 상제(上帝)의 어진 마음을 돕고 백성들의 목마름을 구제하라. 위풍(威風)이 천지에 높고 공덕이 원근에 흡족하여, 검은 거북과 붉은 잉어는 뛰면서 소리치고, 나무 귀신과 산도깨비도 모두 치하할 것이로다. 칭송하는 노래를 두어 장(章)을 불러 들보를 들어 보리라.

들보 동쪽 떡을 던지니
높고 푸른 산이 저 공중에 솟았도다.
하루 저녁 우렛 소리 시냇가에 들릴 때
만 길이나 푸른 벼랑 구슬빛이 영롱하네.

들보 서쪽 떡을 던지니
높은 바위 그윽한 길 산새들이 우짖는다.
깊고 깊은 저 용추 몇 길이나 되겠는가?
푸른 유리 한 이랑이 봄빛 짙게 어리네.

들보 남쪽 떡을 던지니

---

[9] **용골(龍骨)** 큰 배 밑바닥을 받치는 길고 커다란 목재.
[10] **낭간** 경옥(硬玉)의 일종으로 중국에서 나는 아름다운 돌. 예로부터 장식에 쓰임.
[11] **금지(金枝)** 귀족(貴族).

푸른 산 십 리 사이 송림 들만 비쳐 있네.
놀라운 이 신궁(神宮) 그 누가 알아줄까?
유리처럼 맑은 모양 그림자만 잠겨 있네.

들보 북쪽 떡을 던지니
아침 햇살 처음 오를 때 거울처럼 밝은 용추
삼백 길 흰 산 자취 저 공중에 비쳤으니
하늘 위의 은하수 이곳에 떨어지네.

들보 위 떡을 던지니
창공에 뜬 무지개 손 뻗어 어루만지네.
동해의 부상(扶桑)[12]은 천만 리 먼 곳에
인간 세상 굽어 보니 손바닥과 똑같네.

들보 아래 떡을 던지니
어여쁘구나, 봄 밭의 이랑 아지랑이 삼삼하네.
성스러운 물 한 줄기 이곳에 길어 다가
온 누리에 비처럼 뿌려 보면 어떠한고?

원하옵건대 이 집을 지은 뒤 화촉의 밤을 맞아 만복이 함께하고, 온갖 상
서로운 것들이 모두 모여 요궁(宮)과 옥전(玉殿)에 구름이 찬란하여, 원앙
이불과 봉황 베개에 즐거움이 넘치리라.”

한생이 글을 지어 용왕에게 바치니 용왕이 크게 기뻐하였다. 세 손님들

---

[12] **부상(扶桑)** 옛날 중국에서 해뜨는 동쪽 바다에 있다고 한 신성한 나무. 또 그 나무가 있는 곳.

도 그 글을 보고 저마다 감탄하였다.

용왕은 한생을 위해 윤필연(潤筆宴)[13]을 열었다. 이에 한생이 용왕에게
물었다.

"저 많은 신(神)들이 한자리에 모였으니 존함을 여쭈고 싶사옵니다."

용왕이 대답하였다.

"그대는 양계(陽界)의 사람이라 당연히 모를 것이오. 첫째 분은 조강신
(祖江神)[14]이요, 둘째 분은 낙하신(洛河神)[15]이요, 셋째 분은 벽란신(碧欄
神)[16]인데, 그대와 함께 어울리게 하기 위해 내가 초대한 것이오."

이내 술을 올리고 풍악이 울리니, 미인 십여 명이 머리에 꽃을 꽂은 채
춤을 추며 벽담곡(碧潭曲)[17] 한 곡조를 불렀다.

산은 푸르고 못은 출렁이는데
폭포 우렁차게 날아 은하수에 닿았네.
가운데 계신 님이여, 환패(環佩) 소리 쟁쟁한데
빛나는 위풍이요 가륵한 얼굴이네.
길한 날 봉황새 울음 울 때
나는 듯한 이 집 지어 온갖 상서 모이네.
문사를 모셔 글을 지으니
높은 덕 노래하여 긴 들보를 올렸네.

13. **윤필연(潤筆宴)** 글이나 서화(書畵)의 지은이에게 감사의 뜻을 표하는 연회.
14. **조강신(祖江神)** 한강이 바다로 들어가는 곳의 신(神).
15. **낙하신(洛河神)** 낙하(한강의 속칭)의 신(神).
16. **벽란신(碧欄神)** 벽란도의 신(神). 예성강의 중류에 있음.
17. **벽담곡(碧潭曲)** 깊고 푸른 용추를 읊은 노래.

술잔을 들어 향기로운 술을 부으니
가벼운 제비처럼 봄볕 향해 뛰노네.
화로에는 매운 향기 냄비에는 옥장(瓊漿)을 끓이고
어고(魚鼓)가 울리고 용적(龍笛)을 부네.
위엄이 가득하다, 높이 앉은 님이여.
갸륵한 덕이라 어깨 치며 맘껏 웃네.
옥항아리 치는 소리 마음껏 마시소서.
맑은 흥 흡족하자 슬픈 마음 절로 나네.

미인들이 춤을 마치자 이번에는 젊은이 십여 명이 왼손에 피리 들고 오른손에 일산을 들고 나타났다.

서로 돌아보며 회풍곡(回風曲)을 불렀다.

산기슭에 사람 있으니 덩굴도 옷을 입었고
해가 저무는데 맑은 물결 일어 비단무늬 같네.
부는 바람에 귀밑머리 헝클어지고 뭉게구름 모이는데
옷자락이 너을거리니 웃음으로 서로 마주치네.
홑옷 여울 위에 던지고 가락지는 찬 모래에 버리는데
뜰 잔디 이슬에 젖고 높은 산에 연기 끼어
마치 강 위의 푸른 소라 같네.
이따금 치는 징 소리에 취해 춤을 추는데
물처럼 많은 술 고기는 산같이 쌓여 있네.
손님은 이미 취해 얼굴이 붉어지고 새로 노래하고
몸을 부축하여 서로 끌고 손뼉 치며 서로 웃네.
옥술병 치며 원 없이 마셔
흥취 무르익으니 슬픈 마음 많아지네.

용왕은 기뻐하여 다시 술을 부어 권하였다. 스스로 옥룡적(玉龍笛)을 불어 수룡음(水龍吟)[18]을 노래하며 그 기쁜 흥취를 도왔다.

풍류 소리 가득한데 또 한 잔 가득 부어
기린 그린 항아리에서 이름난 술 흘러내리네.
처량한 저 옥저 비껴 쥐고 한 번 불어
하늘 위 푸른 구름 쓸어 본들 어떠하리.
물결을 충동하고 좋은 풍월 새 곡조에
경개 마저 한가한데 이 인생 늙는구나.
애닯다, 빠른 광음 풍류조차 꿈인가.
기쁨도 오간 데 없으니 이 시름 어이 할꼬.
서산에 저 연기 이 저녁에 다 없어지니
동쪽 봉우리 둥근 달 기쁘게도 돌아오네.
술잔을 높이 들어 물어 보자 저 달에게
진세의 온갖 태도 몇 번이나 겪었는지.
금슬잔에 술을 두고 님은 이미 취해 있네.
옥산(玉山)이 무너진들 뉘라서 자빠뜨려
아름다운 님이여, 십 년 진토 근심 잊고
푸른 하늘 높은 곳에 유쾌 하게 놀아 보세.

용왕은 노래를 마친 뒤 좌우를 둘러보며 말하였다.

"우리 놀이는 인간 속세와 같지 않으니, 그대들은 귀한 손님을 위해 각기 재주를 다 보이는 게 어떠하오?"

그러자 한 사람이 자칭 곽개사(郭介士)[19]라 하더니 발굽을 들고 비스듬

한 걸음으로 나와 말하였다.

"저는 바위 틈에 숨어 사는 선비요, 모래 구멍에 사는 한가한 사람이옵니다. 팔월에 맑은 바람이 불어오면 동햇가로 도망(稻芒)[20]을 운반하고, 높은 하늘에 구름이 흩어질 때면 남정(南井)[21]곁에서 빛을 토하였사옵니다. 속은 누렇고 밖은 둥글며 굳은 갑옷을 입고 날카로운 창을 가지고 있사옵니다. 풍류는 장사(壯士)의 마음을 기쁘게 해주고, 움직이는 꼴은 부인들에게 웃음을 주옵니다. 그러니 다리를 들고 춤을 추어 보겠사옵니다."

곽개사는 그 자리에서 갑옷을 입고 창을 들었다. 그리하여 침을 흘리고 눈을 부릅뜬 채 사지를 흔들며 앞으로 나아갔다 뒤로 물러났다 하며 팔풍무(八風舞)[22]를 추었다.

이때 곽개사가 노래 한 곡조를 불렀다.

> 강해(江海)를 의지하며 구멍 속에 살고 있지만
> 기운을 토하려면 범과도 싸우리라.
> 이 몸이 구 척이라 상감 앞에 진상하고
> 겨레는 열 갈래니 이름은 제각각이라.
> 님이여, 기쁜 잔치에 발굽 들고 비스듬한 걸음
> 깊이 잠겨 있다가 강나루의 등불에 놀라
> 은혜를 갚으려 구슬 눈물 흘리는가.
> 원수를 죽이려 날랜 창을 뽑았던가.

[19] **곽개사(郭介士)** 게의 별칭(別稱).
[20] **도망(稻芒)** 벼의 까끄라기.
[21] **남정(南井)** 별 이름.
[22] **팔풍무(八風舞)** 음란하고 추악한 춤.

무장공자(無腸公子)²³라 웃지 마오,
쌓인 덕은 군자라네.
온 사지에 사무쳐 다리가 옥같이 불룩하다.
오늘밤은 어떤 밤인가,
요지(瑤池)²⁴의 잔치에 찾아오니
님께서 노래하고 손님이 취하였네.
황금전(黃金殿) 백옥상에 풍류 지어 한잔 드세.
퉁소 소리 끝이 없는데 이름난 술 취해 보세.
산귀(山鬼) 와서 춤추고 물고기도 뛰노는구나.
산의 개암과 들의 복령(茯笭) 님 생각 절로 나네.

곽개사가 춤추는 걸 보고 사람들은 웃음을 터뜨렸다. 이때 또 한 사람이 자칭 현선생(玄先生)²⁵이라 하며 앞으로 나섰다. 꼬리를 끌고 목을 늘이며 눈을 부릅뜬 채 말하였다.

"저는 시초(蓍草) 그늘에 숨어 사는 자요, 연잎에서 노는 사람이옵니다. 낙수(洛水)에서 등에 글을 지고 나와 성스러운 하우(夏禹)²⁶의 공로를 나타냈고, 맑은 강에서는 그물에 걸려 송원군(宋元君)²⁷의 꾀를 성공시켰사옵니다. 신기한 점(占)은 세상의 보배가 되고, 삼엄한 무기는 장사의 기상이옵니다. 노오(盧敖)²⁸는 바다 위에서 내 등에 걸터앉았고, 모보(毛寶)²⁹는

---

23. **무장공자(無腸公子)** 게의 별칭. 창자가 없다는 뜻.
24. **요지(瑤池)** 중국 곤륜산에 있는 못으로 선인(仙人)이 살았다고 전해짐.
25. **현선생(玄先生)** 거북의 별칭.
26. **하우(夏禹)** 하나라 우왕. 홍수를 다스린 뒤 낙수에서 신령한 거북이 나왔다고 전해짐.
27. **송원군(宋元君)** 송나라 사람으로 꿈을 꾸고 신령한 거북을 얻은 뒤, 그것을 죽여 점을 치니 실패가 없었다 함.

나를 강물에 놓아 주었사옵니다. 살아서는 보배요, 죽어서는 신령이니, 마땅히 노래 한 곡조 불러 천 년에 쌓인 회포를 풀어 보겠사옵니다."

현선생은 목을 움츠렸다 뽑았다 하며 구공(九功)의 춤을 추었다. 홀로 나아갔다 물러갔다 하며 노래 한 곡조를 불렀다.

> 산택(山澤)[30]에 의지하며 호흡으로 오래 살았으니
> 천년의 긴 세월 모르는 게 없으리라.
> 내 비록 긴 꼬리를 진흙 속에 끌지라도
> 묘당(廟堂)에 간직함은 내 소원이 아니어라.
> 약 없어도 오래 살고 배운 것 없어도 통령(通靈)하여
> 성스러운 님을 만나 온갖 상서로움 드러내네.
> 수족(水族)의 어른 되어 숨은 이치 연구하고
> 문자 그려 등에 지고 길흉을 가르쳐주네.
> 슬기가 많다 해도 곤액(困厄)[31]에는 할 수 없고
> 재능을 믿지 마라, 못 미칠 일 있으리라.
> 죽음을 면하려 물고기를 벗을 삼네.
> 발 들고 목을 뽑아 높은 잔치에 내 왔노라.
> 님의 조화 축하하려 힘차게 붓을 뽑아
> 술을 드리니 풍류 일고 즐겁기 한이 없네.
> 북을 치고 퉁소 부니 도롱뇽이 춤을 추고
> 산도깨비 물신령 빠짐없이 다 모였네.
> 뜰에서 춤을 추고 뛰놀며

---

28. **노오(盧敖)** 진(秦)나라 사람으로 북해(北海)에서 놀 때 거북의 등에 걸터앉아 조개를 잡아먹었다 함.
29. **모보(毛寶)** 진(晉)나라 사람으로 기르던 거북을 놓아 주니 그 거북이 나중에 생명을 구해 주었다고 함.
30. **산택(山澤)** 산과 숲과 내와 못을 말하며, 곧 자연을 뜻함.
31. **곤액(困厄)** 뜻밖에 당하는 불행.

손목 잡고 웃으니 즐겁기 그지없네.
해 저물고 바람 불어 고기 뛰고 물결 일면
좋은 때를 늘 얻으랴, 내 마음이 슬프구나.

곡조가 끝났지만 황홀한 춤을 잊을 수 없어 모든 사람들이 기뻐하였다. 그 뒤를 이어 숲에 사는 도깨비와 산에 사는 괴물이 각기 그 재주를 자랑하며 휘파람을 불고 노래를 불렀다. 또한 피리도 불며 글을 외우는데, 모양은 서로 다르지만 소리는 한가지였다.

깊은 물에 계신 님 때때로 날아 하늘에 있네.
오 님이여, 기나긴 복 천 년 만 년 누리소서.
귀한 손님 맞이하여 얌전하니 신선이네.
새 곡조 노래하며 구슬처럼 구르는데
옥석에 깊이 새겨 길이길이 전하리라.
님께서 돌아갈 때 이 잔치를 벌였구나.
채련곡(採蓮曲)[32]을 불러 보세, 예쁜 춤 한들한들
쇠북 소리 울리니 거문고로 화답하네.
배 저어라 한 소리에 고래처럼 숨을 쉬네.
예를 갖추었지만 즐거움은 끝이 없네.

다음에는 강하(江河)의 군장(君長)인 세 손님들도 각각 시를 한 수씩 지어 올렸다.

첫째 조강신은 이렇게 읊었다.

[32] **채련곡(採蓮曲)** 남녀의 사랑을 다룬 노래.

푸른 바다 조종(朝宗)이라 장한 기세 가없고
힘차게 이는 물결 조그만 배 띄우네.
구름이 흩어지고 밝은 달은 물에 잠겨
밀물이 몰려오려 하니 건들바람 섬에 가득하네.
따가운 햇빛에 물고기들은 숨고
맑은 물결 위를 해오라기 오가며 놀고 있네.
사나운 파도 속에 시달리던 이 몸
기쁘구나, 오늘 저녁 온갖 근심 다 녹았네.

둘째 낙하신은 이렇게 읊었다.

아롱아롱 오색 꽃 그림자조차 가리고
대그릇과 악기들 질서 있게 놓여 있네.
운모 휘장 두른 곳에 노랫소리 흘러나오고
수정 주렴 드리운 속에서 나풀나풀 춤추네.
성스러운 용왕님 항상 이곳에 계실까.
아름답고 귀한 문사 자리 위 보배일세.
어찌해야 긴 끈 얻어 지는 해를 잡아매리.
봄이니 잔뜩 취해 놀고 간들 어떠하리.

셋째 벽란신은 이렇게 읊었다.

님은 취하시어 높은 상에 기대었고
산에 부슬비 내려 해는 이미 석양일세.
고운 춤 나풀나풀 비단 소매 날리니
맑은 노래 가늘어 새긴 들보 안고 도네.

외로운 회포 몇 해인가, 그윽한 저 섬 속에
오늘에야 기쁜 마음으로 백옥잔 잡고 있네.
광음이 흐르고 뉘라서 알까마는
예나 지금이나 세상일은 속절없이 바쁘기만 하네.

용왕은 세 손님들의 시를 차례로 읊은 뒤 한생에게 건네주었다. 한생은 글들을 받아 꿇어앉아 읽은 뒤 곧 장편시(長篇詩) 한 수를 지어 갸륵한 뜻을 기렸다.

천마산은 높고 높아 떨어지는 폭포 멀리 뿌려
비로 솟아 숲을 뚫고 굽히 흐르니 시내로세.
물 가운데 달 잠기고 그 밑에는 용궁이라.
신기 변화의 자취를 두고 높이 치솟아 공을 세워
가는 내에 향기 일고 상서로운 바람 부네.
상제에게 명을 받아 푸른 섬 보살필 때
구름 타고 조회하고 말을 달려 비 내리네.
금궐(金闕)에 잔치 열고 옥계(玉階) 앞에 풍류 지어
이름난 술잔에는 운기(雲氣) 뜨고 붉은 이슬 연잎에 맺네.
위의(威儀)도 무겁지만 예법은 더욱 높아
의관은 찬란하고 환패 소리 쟁쟁한데
자라가 측수하고 물신령도 모여 있네.
조화가 얼마나 황홀한지 숨은 덕이 더욱 깊어
북을 치니 꽃이 피고 술잔 속에 무지개 뜨네.
천녀(天女)는 옥저를 불고 서왕모는 거문고 타니
술 한 잔 또 부어라, 만세 삼창 하리로다.
얼음 같은 과실 소반 위에는 수정과

온갖 진미에 배부르니 깊은 은혜 뼈에 스며
바닷물을 마신 듯 봉래산에 구경온 듯
즐거운 뒤 이별이라 풍류조차 꿈이로다.

이 시를 듣고 모두들 탄복하였다. 용왕은 한생에게 감사의 뜻을 표하며 말하였다.

"마땅히 이 시를 금석(金石)에 새겨 영원히 보배로 삼을 것이오."

한생이 용왕에게 여쭈었다.

"용궁은 잘 보았사옵니다만 강역의 장한 형세와 번성함도 구경할 수 있겠사옵니까?"

이에 용왕이 대답하였다.

"그렇게 하오."

한생은 용왕의 윤허를 얻어 밖으로 나왔다. 하지만 어느새 몰려온 오색 구름이 주위를 에두르고 있어 사방을 분간할 수가 없었다. 용왕이 부하에게 오색 구름을 걷어내도록 명하니, 한 사람이 입을 모아 공중을 향해 크게 불었다.

이때 천지가 갑자기 명랑해지며 산과 바위들이 간데없이 사라졌다. 다만 온갖 화초가 피어 있고 평탄한 모래 주위에 금성(金城)이 우뚝 솟아 있었다. 금성은 한가운데에 푸른 유리 벽돌이 쌓여 있어 주변으로 찬란한 빛을 발하였다.

용왕이 부하 두 사람에게 일러 한생을 인도하도록 하였다. 어느 한곳에 이르니 높은 누각 하나가 보이는데, 그 이름은 조원지루(朝元之樓)였다. 누각은 전체가 파려[33]로 되어 있고 구슬과 옥으로 꾸며졌으며, 금벽(金碧) 이 칠해져 있었다. 누각으로 올라가니 마치 공중을 밟는 것과 같았다. 층 계는 열 개인데 한생이 여덟째 층계에 발을 디디려 하자 사자가 말하였다.

"그만 멈추시지요. 여기는 상감께서 신력(神力)으로 오르시는 곳이라 저 희들도 아직 보지 못하였사옵니다."

누각 위층은 구름 위로 솟아 있어 보통 사람은 도저히 오를 수 없었다. 한생은 어쩔 수 없이 도로 내려와 다른 곳으로 향하였다. 그곳은 곧 능허 지각(凌虛之閣)이었다. 한생이 사자에게 물었다.

"여기는 무얼 하는 곳이오?"

사자가 대답하였다.

"이곳은 상감께서 하늘에 조회할 때 모든 행장과 의관을 차리시는 곳이 옵니다."

한생은 사자에게 이곳에 있는 여러 물건들을 보고싶다고 청하였다. 사 자가 인도한 곳에 이르니, 모양이 둥근 거울처럼 생겼고 빛을 번득이는 어 떤 물건이 있었다.

한생이 물었다.

"이건 무엇이오?"

사자가 대답하였다.

---

[33] **파려** 유리. 수정. 또는 불교에서 말하는 칠보(七寶)의 하나.

"번개를 맡고 있는 전모(電母)의 거울이옵니다."

이번에는 다른 물건이 있는데 마치 북처럼 생겼다. 한생이 한 번 쳐보려 하자 사자가 만류하였다.

"치지 마소서. 만일 이 북을 한 번 치면 백 가지 물건이 모두 진동하게 되옵니다. 즉, 이건 천둥을 맡은 뇌공(雷公)의 북이옵니다."

또 다른 곳에는 목탁처럼 생긴 물건이 있었다. 한생이 그걸 흔들려고 하자 사자가 말하였다.

"이건 바람을 불게 하는 목탁이옵니다. 만일 이걸 한 번 흔들면 산에 있는 바위가 무너지고 큰 나무가 뽑히게 되옵니다."

이번에는 비처럼 생긴 게 있는데 그 옆에는 물을 길어놓은 항아리도 있었다. 한생이 비를 들어 물을 뿌리려 하자 사자가 말하였다.

"이 비로 물을 한 번 뿌리면 홍수가 나게 되며 천지가 온통 물나라가 될 것이옵니다."

이에 한생이 물었다.

"그러면 어찌하여 여기에 구름을 불어 내는 물건이 없소?"

사자가 대답하였다.

"구름은 상감의 신력(神力)으로 만들어 내는 것이라 물건으로 만들 수 없사옵니다."

한생이 다시 물었다.

"그러면 천둥과 번개와 비를 맡고 계시는 분들은 어디 있소?"

사자가 대답하였다.

"평소에는 옥황상제께서 가두어 두었다가 상감께서 나오시면 한자리에 모이게 하옵니다."

그 외에도 여러 물건들이 많았지만 어디에 소용되는 것인지 일일이 알 도리가 없었다. 그때 둘레가 긴 건물이 보이는데 그 문에는 튼튼한 자물쇠가 채워져 있었다.

한생이 다시 물었다.

"저 건물은 어디에 소용되는 것이오?"

사자가 대답하였다.

"저도 세세하게 알지는 못하지만 아마도 상감께서 칠보(七寶)를 간직해 두신 곳인 듯하옵니다."

한생은 구경을 마치고 다시 본래 있던 곳으로 돌아왔다. 한생은 용왕에게 감사의 예를 갖추었다.

"대왕의 높으신 은덕으로 속세에서 볼 수 없었던 선경(仙境)을 구경하였사옵니다."

한생은 용왕에게 두 번 절하여 작별의 인사를 올렸다. 이에 용왕이 산호반(珊瑚盤) 위에 깨끗한 구슬 두 알과 빙초 두 필을 담아서 노자에 보태라며 하사하였다. 한생이 떠나려 하자 용왕은 문 밖까지 나와 환송하였다. 이때 세 손님도 함께 하직하였다.

용왕은 다시 두 사자에게 명하여, 산을 뚫고 물을 헤치는 물건을 가지고 한생을 인도하게 하였다.

사자 한 사람이 한생에게 말하였다.

"선비님께서는 제 등에 업혀 잠시 눈을 감으소서."

한생은 사자에게 업혔다. 이때 다른 사자가 물건을 들고 앞을 인도하는데, 마치 몸이 공중을 날고 있는 것 같았다. 그러는 동안에는 바람 소리와 물 소리는 끊이지 않았다. 이윽고 그 소리가 그쳐 한생이 눈을 떠니, 어느새 제 방에 와 있었다.

한생은 깜짝 놀라 밖으로 나갔다. 나가 보니 하늘에는 별이 드물고 닭은 이미 세 홰나 운 뒤였다. 이에 한생은 재빨리 품속에 손을 넣었다. 용왕이 준 구슬과 빙초가 고스란히 들어 있었다. 한생은 이것들을 대나무 상자에 깊이 간직하여 남에게 보여 주지 않았다.

그 뒤 한생은 세상의 명리(名利)[34]를 마음에 두지 않고 명산(名山)으로 들어갔다.

한생이 어떻게 되었는지 아는 사람은 아무도 없었다.

---

[34] **명리(名利)** 명예와 이익.

작품 해설

1. 작가소개

김시습(金時習, 1435~1493)은 본관이 강릉(江陵)이며, 자는 열경(悅卿), 호는 매월당(梅月堂)·동봉(東峰)·청한자(淸寒子) 등이다. 아버지는 충순위(忠順衛) 일성(日省)이고, 어머니는 선사장씨(仙槎張氏)이다.

1435년에 서울 성균관 북쪽에서 태어났으며 어릴 때부터 문재(文才)가 아주 뛰어나 세상 사람들이 신동이라고 일컬었다. 이미 3세 때부터 한시를 짓기 시작하였고, 5세에 이르면서는 『중용』, 『대학』 등에도 능통하여 주위를 놀라게 했다고 전한다.

세종이 이 소식을 듣고 승정원에 분부를 내려 그를 불러들인 뒤,

"동자의 학문하는 자세가 흰 학이 푸른 하늘에서 춤추는 모양과 같다(童子之學 白鶴舞靑空之末)."라는 시구를 들어 대구(對句)하게 하니,

"성스러운 임금의 덕은 누런 용이 푸른 바다에서 꿈틀거리는 모양과 같습니다(聖主之德 黃龍翻碧海之中)"라고 답하여 그 놀라운 재주를 보여주었는데, 이에 세종은 크게 감탄하여 후한 상을 내렸다고 한다.

이처럼 어린 시절부터 천재적 재주를 인정받았으며, 더욱이 임금에게까지 은총을 입은 그는 꾸준히 공부에 열중하여 장래의 대성을 기약하였다.

하지만 어린 조카를 폐위시키고 스스로 왕위에 오른 세조의 왕위찬탈 사건을 보고 크게 실망하게 된다.

이 무렵은 그의 나이가 21세로서 바야흐로 중앙으로 나아가 나라를 위한 큰일을 하게 될 시점이었다. 하지만 현실에 대한 충격과 좌절로 인해 읽던 책을 모조리 불살라 버리고 기구한 방랑의 생애를 시작하게 되는데, 머리를 자르고 중이 되어 스스로를 '설잠(雪岑)'이라 하였다.

이후 오랜 세월 동안 그는 전국의 명승지를 유람하였는데, 줄곧 술을 마시며 시를 짓는 일에 몰두하며 세상일에 관심을 두지 않았다.

그러다가 31세 때인 1465년 봄에 김시습은 경주 남산의 용장사에 〈금오산실〉을 짓고 세상과 벽을 쌓은 채 칩거에 들어가게 된다. 비록 효령대군의 간곡한 권유로 이듬해 서울로 올라와 원각사의 낙성식에 참석하기도 하지만 곧 경주로 돌아가 『금오신화』를 저술하였다.

이후 왕위를 찬탈하였던 세조가 물러나고 이어 성종이 즉위하자 김시습은 다시 서울로 돌아오게 된다. 그러나 세조의 왕위 찬탈을 도왔던 훈구파 관료들은 오히려 그들의 정치적 입지를 더욱 공고히 하고 있었다. 이러한 현실은 이상정치의 기대를 품고 돌아온 김시습에게 또다시 큰 실망을 안겨주었다.

결국 그는 다시 서울 동쪽 수락산 근방에 폭천정사(瀑泉精舍)를 짓고 은둔하게 된다. 이 시기에 불교와 도교의 도에 대한 연구에 몰두하였다. 불교의 교리를 논한 「십현담요해(十玄談要解)」가 이때 지어진 것이다.

나이 47세 때인 1481년에 머리를 기르고 환속한 김시습은 안씨를 부인으로 맞아들이고 이정은(李貞恩), 남효온(南孝溫), 안응세(安應世), 홍유손(洪裕孫) 등과 깊은 교유관계를 맺는다. 이들 중 남효온은 김시습 등과 더불어 생육신의 한 사람으로 꼽히는 인물이기도 하다.

1482년의 '폐비윤씨' 사건과 1483년의 부인 안씨의 죽음으로 충격을 받고 인해 그는 또다시 방랑의 길을 떠나게 된다. 이때 강릉, 양양, 설악 등지를 유람하였는데, 곳곳에서 젊은이들에게 경전을 가르치기도 하고, 시와 문장을 지으며 유유자적한 생활을 보냈다.

관동지방에서의 유람을 마치고 충청도 홍산현(鴻山縣)의 무량사에 머물던 시절 병을 얻어 죽게 되었으니 1493년, 그의 나이 59세였다.

김시습에 대하여 '오만한 성품과 광기를 지닌 기인' 이라는 부정적 평가가 있는 것이 사실이다. 하지만 그 광기는 그에게 실망과 좌절만을 안겨주는 현실과 대화하고 소통하기 위한 고뇌의 산물이었을 것이다.

그는 세상의 불의를 용인하지 않았으며, 세상의 명예와 이익만을 좇는 인물도 아니었다. 스스로의 이념과 자부심을 지키고, 때로는 거칠게 세상을 향해 고함을 지르며 살았던 자유인으로 보는 것이 옳다.

많은 사람들이 김시습을 '방외인' 이라는 말로 표현하고 있는 이유가 여기에 있다고 하겠다.

2. 작품세계 및 해설

『금오신화(金鰲新話)』는 김시습이 경주 '금오산실'에서 칩거하던 시절
에 지은 한문소설로 「만복사저포기(萬福寺樗蒲記)」, 「이생규장전(李生窺墻
傳)」, 「취유부벽정기(醉遊浮碧亭記)」, 「남염부주지(南炎浮洲志)」, 「용궁부
연록(龍宮赴宴錄)」의 다섯 작품으로 이루어져 있다.

제목에 '신화(新話)'라는 말을 붙이고 있는 데에서 알 수 있듯이, 이
다섯 이야기들은 당시의 독자들이 경험해 보지 못했던 전혀 '새로운 이
야기'였을 것이다. 이처럼 소재나 발상이 독특하고, 새로운 사상을 반
영한 『금오신화』는 우리 고전문학사에서 최초의 한문소설로 평가받고
있다.

원래는 이 5편이 전부가 아니었던 것으로 추정되나, 현재는 이 5편밖에
전해지지 않고 있으며, 그것도 국내에는 필사본밖에 없고, 일본에서도
1927년 『계명(啓明)』 제19호에 최남선(崔南善)이 소개하고 있다. 그러나
최근(1999년)에는 중국 대련도서관에서 '朝鮮刊本' 『금오신화』가 발견되
기도 하였다.

다섯 편 가운데 「만복사저포기」, 「이생규장전」, 「취유부벽정기」는 죽은
여인의 귀신, 또는 전설 속 선녀와의 사랑 이야기이고, 「남염부주지」와
「용궁부연록」은 염라국과 용궁에 다녀온 서생이 그곳에서 듣고 본 것을 옮
긴 이야기이다.

「만복사저포기」

전라도 남원에 사는 노총각 양생(梁生)은 어느 날 만복사의 불당을 찾아가서 부처님께 저포놀이(주사위 같은 것을 나무로 만들어 던져서 그 끗수로 승부를 겨루는 것으로 윷놀이와 비슷함)를 청했다. 그는 자기가 내기에서 지면 부처님께 불공을 드릴 것이지만, 만일 자기가 내기에서 이긴다면 아름다운 배필을 중매해 달라고 부탁한 것이다.

두 번 저포를 던져 내기에서 이긴 양생은 불좌 밑에 숨어서 배필이 될 여인이 나타나기를 기다렸다. 잠시 후 아리따운 한 여인이 나타났는데, 이 여인도 부처님 앞에서 자신의 외로운 신세를 하소연하는 축원문을 바치면서 좋은 배필을 점지해 달라고 기원하며 우는 것이었다. 이를 지켜보던 양생이 그 여인 앞으로 뛰어나가 이야기를 건네니, 두 사람은 곧 정이 통하여 법당 곁 작고 허름한 방에서 하룻밤을 함께 지내게 되었는데 그 즐거움이 보통 사람과 다름없었다.

그런데 실은 이 여인은 인간이 아니라 왜구의 난리통에 죽은 처녀의 귀신이었다.

이튿날 여인은 양생에게 자기가 사는 동네로 가기를 권했다. 그녀가 귀신이었기에 길에서 마주친 사람들은 오로지 양생만을 알아볼 뿐이었다. 양생은 여인이 이끄는 곳에 가서 융숭한 대접을 받았다.

사흘이 지나자 여인은, "이곳에서의 삼 일은 인간세상의 삼 년과 같으니 이제 그만 옛날의 살림을 돌보라."는 말로 양생과의 이별을 고하며 신표로서 은잔 하나를 주었다.

그것은 그 여인의 무덤에 매장된 부장품이었다.

다음날 양생은 여인과의 약속을 지키기 위해 은잔을 가지고 보련사로 향했는데, 그 길에서 여인의 부모를 만나 여인이 죽은 사정을 듣게 된다.

이윽고 약속한 시간이 되자 과연 여인이 나타났는데, 여인은 이제 다시는 서로 만날 기약이 없다고 말하고 떠난다. 양생은 그 여인을 위해 장례를 치러준다. 이후 양생은 그 여인을 잊지 못하여 장가도 들지 않고 지리산에 들어가서 약초를 캐면서 평생을 마쳤다.

이 작품은 생과 사를 초월한 지극한 남녀간의 사랑을 그려내었다. 주인공 양생은 비록 이생의 사람이 아닌 죽은 처녀의 귀신을 만나 사랑을 나누었지만 그것을 오로지 진실한 것으로만 생각한다.

여인은 사흘 동안의 재가 끝난 후 공중에 나타나, 자신이 양생의 은덕으로 타국의 남자로 태어났음을 말하고, 양생에게 정업을 닦아 속세의 누를 벗어나 새 삶을 살 것을 부탁한다. 하지만 양생이 여인에 대한 그리움만을 간직한 채, 장가도 들지 않고 속세를 떠났다는 사실이 이를 말해준다.

절에서 우연히 만난 여인(실상은 사람이 아닌)과의 사랑을 다루고 있는 점에서는 『삼국유사』의 「김현감호」 이야기와 소재적 측면에서 공통점이 있는 작품이다. 하지만 설화적 성격의 소재에 작가의 창의성이 더해지고, 더불어 상당한 수준의 서사 구도를 갖춤으로써 완연한 소설로서의 면모를 보여주기도 하는 작품으로 이해할 수 있다.

「이생규장전」

개성에 이씨 성을 가진 서생과 최씨 성을 가진 아가씨가 살고 있었다.

어느 날 이생(李生)이 국학에 가는 길에 최랑의 집 곁에 있는 나무 아래에서 쉬다가 문득 담 안을 엿보았는데, 온갖 꽃들이 만발한 꽃 사이 누각에서 아름다운 여인이 수를 놓으며 시를 읊고 있는 것을 발견했다. 자기의 외로운 마음과, 이성을 향한 그리움을 노래한 시였다.

이에 이생이 화답하는 시를 지어 기와에 매달아 담 안으로 던져 보냈다. 마음이 통한 두 사람은 그날 저녁 최랑의 집에서 만나 사랑을 약속한다. 그날부터 이생은 최랑의 집에 며칠을 머물렀으며, 그 뒤로도 저녁이면 어김없이 최랑을 찾았다.

이런 사실을 알게 된 이생의 아버지는 아들이 여자를 만나고 있다는 사실에 크게 노하여 농사 감독이나 하라며 울주로 쫓아버린다.

이 소식을 들은 최랑은 크게 상심하여 병에 걸려 자리에 눕게 된다. 딸이 거의 죽을 지경에 이르자 최랑의 부모는 딸에게 자초지종을 듣고는 이생의 집에 수차례 청혼을 하는데, 처음에는 승낙하지 않던 이생의 부모도 결국 마음을 돌려 결혼을 허락했다. 끊어졌던 인연이 이어져 부부가 된 뒤, 두 사람은 서로 공경하고 극진히 사랑했다. 그리고 이생은 과거에도 급제하여 큰 벼슬에 오르는 행복을 누리게 된다.

그러나 난리를 일으킨 홍건적이 서울을 노략질하자 이생 가족도 피난을 가게 되었다. 그 와중에 부부는 서로 헤어지게 되었고 부인 최랑은 도적들에게 사로잡혔는데, 도적들을 꾸짖으며 정조를 지키려던 부인은 한칼에 죽임을 당하고 말았다.

난리가 끝난 뒤 집에 돌아온 이생은 작은 누각에 올라가 한숨지으며 즐거웠던 지난 날을 생각하였는데, 그때 사랑하는 아내가 다가왔다. 이생은 아내가 이미 죽은 사람이라는 걸 알면서도 반가워 어쩔 줄을 몰랐다. 두 사람은 몇 년 동안 바깥 출입을 하지 않고 즐거운 나날을 보냈다.

그러던 어느날 저녁 부인은 이제 슬픈 이별이 다가왔다고 말한다. 두 사람의 지극한 사랑조차도 저승길을 막아낼 수는 없었던 것이다. 이생도 부인과 함께 저승으로 떠나길 바랐지만 그럴 수 없는 노릇이었다. 부인이 떠난 뒤 이생도 슬픔으로 병을 얻어 세상을 떠났다. 이 사실을 들은 주위 사람들이 그들의 지극한 사랑과 절개를 칭찬하였다고 한다.

『금오신화』의 다섯 작품들 중 가장 훌륭한 작품으로 잘 알려져 있으며, 귀신과 사람 간의 사랑 이야기라는 이유로 '명혼(冥婚) 소설', '시애(屍愛) 소설' 등으로 일컬어진다.

이야기의 전반부는 고려 말, 구 귀족의 딸로 보이는 처녀 최씨와 신흥 사대부층의 아들로 보이는 이생이 여러 어려움을 극복하고 끝내 결연하는 아름다운 사랑 이야기이다.

현실적인 제약을 넘어선 이들의 사랑은 봉건적 사회에서는 용납될 수 없는 것이었다. 그럼에도 불구하고 이들이 과감하게 사랑을 실천한 행위를 그려낸 이 작품에서는 김시습의 솔직하고 대담한 애정관을 엿볼 수 있을 것 같다.

그러나 후반부에 이르면, 이생이 '홍건적의 난'을 당하여 죽은 아내 최씨의 환신을 만나 부부 생활을 하다가 헤어진다는 비현실적이고도 환상적인 이야기가 된다. 이러한 설정은 이른바 '전기소설(傳奇小說)'의 특징적인 성격을 잘 보여주는 것으로 이해된다.

내용 중에 최랑이 도적에게 잡혀 처참히 죽임을 당한 사정과 이생에 대한 그리움을 이야기하는 부분은 그 표현이 매우 애절하게 느껴진다. 이런 곡진한 표현은 이야기의 전개가 극적으로 이루어진다는 점과 더불어 이 작품의 큰 미덕으로 볼 수 있다. 남녀 주인공들의 결혼에 많은 어려움이 등장한다는 점 등을 꼽아 후대의 애정전기소설에 큰 영향을 미친 작품으로 평가되기도 한다.

「취유부벽정기」

개성 부호의 아들 홍생(洪生)은 한가위를 맞아 면사를 사려고 평양에 온다. 친구가 베풀어 준 잔치에서 술에 취한 혼생은 흥취를 이기지 못하여 홀로 작은 배를 타고 부벽정(浮碧亭)이라는 정자 아래에 가게 된다. 부벽정에 올라 고국의 흥망을 탄식하는 시를 지어 읊고 돌아가려 하는데, 갑자기 발자국 소리가 들려온다.

홍생은 스님이 찾아오는가 생각했으나, 뜻밖에도 한 여인이 좌우에 시녀를 거느리고 비단 부채를 들고 나타나는 것이 아닌가. 살펴보니 그 여인의 옷차림과 몸가짐이 단정하고 정숙하여 마치 귀족 집안의 처녀 같았다.

여인이 말하기를 자신은 은왕의 후예요, 기씨(箕氏)의 딸로서, 자신의 아버지가 위만에게 왕위를 빼앗긴 후로 정절을 지켜 죽기를 기다리는데,

신선이 된 선조(先祖)가 나타나 불사약을 주어 그 약을 먹고 선녀가 되었다고 하였다. 홍생과 그 여인은 부벽정에서 서로 시를 주고받으며 하룻밤을 보냈는데 날이 새자 그 여인은 하늘로 올라갔다.

집으로 돌아온 홍생은 그 여인을 사모하던 끝에 병을 얻고 만다. 그러던 어느 날 꿈에 그 선녀의 시녀가 나타나서,

"저희 아씨께서 상제(上帝)께 아뢰어 그대를 견우성(牽牛星) 막하(幕下)의 종사(從事)로 일하게 하였으니 올라오라."고 말하였다.

그 말을 듣고 꿈에서 깨어난 홍생은 목욕을 하고 옷을 갈아입은 후, 향을 피우고 자리에 누웠다가 세상을 떠났는데, 삼사 일이 지나도 안색이 변하지 않았다.

이 작품은 죽은 여자의 혼령이 산 사람처럼 나타나 주인공과 함께 어울렸다는 점에서는 '명혼(冥婚)소설'이라 할 수 있다. 그리고 여인과의 만남이 꿈인지 생시인지 알 수 없다는 말과 꿈속에서 들은 이야기를 따라 하늘로 올라간다는 설정은 이 작품이 꿈을 통해 작가의 의식을 드러내는 문학양식인 '몽유록(夢遊錄)'의 성격을 보여 주는 것으로 생각할 수 있다. 작가의 도가적인 취향과 주체적인 역사인식이 잘 반영되어 있는 작품이다.

「남염부주지」

경주에 사는 박생(朴生)은 유학(儒學)으로 대성하겠다는 포부를 지니고 열심히 공부하였으나 과거에 실패하여 불쾌함을 이기지 못하였다. 그러나

뜻이 높고 강직한 데다 인품이 훌륭하여 주위의 칭찬을 받았다. 그는 귀신, 무당, 불교 등의 이단에 빠지지 않기 위해서 유교 경전을 읽기도 하고, 세상의 이치는 하나뿐이라는 내용의 철학논문인 「일리론(一理論)」을 쓰기도 하여 뜻을 더욱 확고하게 다졌다.

그러던 어느 날 『주역』을 읽다가 잠이 든 박생은 저승사자에게 이끌려 염부주(炎浮洲, 불꽃이 활활 타오르며 떠 있는 섬)라는 별세계에 가게 된다. 그곳에서 염왕(閻王)을 만나 세상을 미혹시키는 사물에 대해 사상적인 이야기를 나누었는데, 유교 · 불교 · 미신 · 우주 · 정치 등 다방면에 걸쳐 문답을 주고받았다.

염왕은 박생의 성품이 강직하고 불의에 굴복하지 않으며, 참된 지식과 능력을 갖추고 있음을 장하게 여겨 장차 염라국의 왕위를 물려주리라고 마음먹고는 손수 왕위를 물려 준다는 선위문(禪位文)을 써 준다. 염왕의 부탁으로 세상에 다녀오기로 한 박생은 인사를 마치고 나오는 길에 수레 위에서 쓰러졌는데 그 순간 꿈에서 깨어난다.

꿈에서 깬 박생은 집안 일을 정리하고 지내다가 얼마 뒤 병이 들었는데, 의원과 무당을 물리치고 조용히 세상을 떠났다.

주인공이 꿈속에서 겪은 일을 중심으로 내용이 전개되는 '몽유구조'를 보여 준다는 특징이 있으며, 작가인 김시습의 철학사상이 가장 집약적으로 표현된 작품이다. 이런 이유로 「이생규장전」과 더불어 『금오신화』의 대표적인 작품으로 평가된다.

이 작품에서 보이는 작자의 사상은 크게 아래의 세 가지로 요약된다.

첫째는 유교가 불교보다 우위에 있다는 것으로, 이러한 주장은 불교의 타락상에 대한 날카로운 비판을 보여 줌으로써 극명하게 드러난다. 유교 사상은 주인공의 기본 사상이자 작자의 기본 입장이기도하다.

둘째는 세계에는 현실 세계만 존재할 뿐 천당, 지옥, 저승 같은 별세계가 존재할 수 없기 때문에 세상의 이치도 오로지 하나일 뿐이다. 신비주의적 세계관을 부정하고 현실적이고 합리적인 세계관을 옹호하는 작자의 입장이 드러난다.

셋째는 정치적인 견해로 폭력과 억압으로 나라를 다스리는 자에 대하여 백성을 옹호하는 입장에서 경고하는 내용이다.

결국 「남염부주지」는 위와 같은 사상의 타당성과 중요성을 강조하면서 그런 사상에 투철한 유능한 인물을 받아들이지 않는 부조리한 세상을 은연중에 비판하고 있다. 이는 곧 김시습 자신의 처지를 하소연하는 것일 수도 있다. 작자의 철학과 사상을 집약적으로 반영하고 있다는 점에서나 여러 사상에 대한 작자의 이해를 반영하고 있다는 점에서 중요한 가치를 지닌 작품이다.

「용궁부연록」

개성에 문장에 능한 한생(韓生)이 살고 있었다. 하루는 천마산(天磨山) 박연(瓢淵)에 살고 있는 용왕이 보낸 두 명의 사자를 따라 용궁으로 들어간다. 푸른 옷을 입은 두 명의 동자들의 안내를 받아 함인지문(含仁之門)을 지나 수정궁에 들어가니, 곧 조강신(祖江神), 낙하신(落下神), 벽란신(碧

灘神)의 세 신왕(神王, 모두 '물'의 신들임)들도 용왕의 초대를 받아 도착하였다.

용왕은 한생에게, 자신의 딸이 결혼하려는데 아직 화촉을 밝힐 만한 좋은 집이 없어서 가회각(佳會閣)을 새로 지었기로, 그 축문을 부탁한다고 한다. 이에 한생이 글을 지어 주자 용왕은 잔치를 벌여 대접하는데, 먼저 미녀 10여 명이 나와 벽담곡(碧潭曲)을 부르고, 이어 총각 10여 명이 나와 회풍곡(回風曲)을 부르니, 용왕도 기뻐하며 손수 피리를 불고 수룡음(水龍吟)을 읊는다.

또 곽개사(게)가 나와 팔풍무(八風舞)를 추며 노래를 부르고, 현선생(거북)이 나와 구공무(九功舞)를 추며 노래 부르니, 숲속의 도깨비와 산속에 사는 괴물들도 나와 휘파람을 불며 노래를 불렀다.

이에 조강·낙하·벽란의 신들도 각각 시를 지었으며, 한생도 장편시 한 수를 지어 올렸다. 한바탕 잔치를 즐긴 후 한생은 용왕에게 용궁의 경치를 구경시켜 달라고 청하여 여러 누각과 보물들을 두루 구경을 하고 한생이 돌아가려는데 용왕은 구슬 두 알과 빙초 두 필을 선물하며 직접 문밖까지 나와 전송해 주었다.

문득 깨어보니 모든 일들이 한바탕 꿈이었다. 그러나 품속의 물건을 찾아보니 용왕에게 받은 선물들이 엄연히 들어 있었다. 한생은 그후로부터 명리(名利)를 탐하지 않고 명산에 들어가 살았는데, 어떻게 생을 마쳤는지 알 수 없었다.

「용궁부연록」은 「남염부주지」와 함께 '몽유구조'를 보이는 작품으로 후

대의 많은 '몽유록계 소설'의 선구가 된다. 이런 '몽유록계 소설'의 작품들은 대개 작품에 등장하는 인물과 실제 인물들을 빗대어 표현하고자 한다. 「용궁부연록」에서의 한생은 작자 자신을, 용왕은 세종을, 여러 어족(魚族)들은 당시 조정의 관료들을 비유하는 것으로 볼 수 있다.

이런 비유적 수법을 통해 작자는 세종에게 은총을 받았던 화려했던 과거를 회상하고 있는지 모른다.

하지만 세상 명리를 버리고 산속으로 들어가 버린 한생의 모습에서는 오래도록 세상일에 방랑의 삶을 살아야 했던 김시습의 생애가 엿보인다. 또한 「용궁부연록」에는 의인화(게-곽개사, 거북-현선생)된 인물들이 등장하고 있는데, 이는 「화왕계」, 「국선생전」, 「죽부인전」과 같은 '가전문학(假傳文學)'의 전통이 이어지고 있음을 보여 주는 것으로 생각할 수 있다.

위에서 본 바와 같이 다양한 내용과 주제의식, 그리고 훌륭한 표현기법이 총망라된 『금오신화』는 우리 고소설사에 우뚝 선 걸작임이 틀림없다. 그럼에도 불구하고 『금오신화』를 중국의 『전등신화』의 영향 아래에만 놓아두는 것은 바람직하지 못한 시각이다.

그 이유는 『금오신화』가 천재적 작가인 김시습의 다양한 독서체험과, 「김현감호」, 「조신지몽」, 「최치원」 등의 설화문학과 가전문학에 이르는 우리의 고유한 서사전통이 충분히 반영된 독창적인 소설집이기 때문이다.

첫째, 우리 고전문학사에서는 『금오신화』를 최초의 한문소설로 보는 견해가 일반적이라고 할 수 있다. 하지만 『삼국유사』나 『수이전』 등에 실려 있는 몇몇 작품들을 읽어보면 어딘가 모르게 비슷하다고 느껴질 것이다. 그런데도 굳이 『금오신화』를 다른 설화작품들과 구분하여 소설이라고 부르는 이유는 무엇일까? 소설이라는 양식은 주인공과 세계 간의 불화와 갈등이 이야기를 진행시키는 원동력이라는 점과 작가의 의식이 깊숙이 개입되었다는 점을 감안하여 『금오신화』의 「이생규장전」과 『수이전』의 「최치원 이야기」를 읽고 차이점을 찾아보도록 하자.

둘째, 문학작품의 작가는 의식적이든 무의식적이든 내면의 욕구나 불만 등을 작품에 반영하게 된다. 그런 측면에서 본다면 『금오신화』의 다섯 이야기에 등장하는 주인공들은 모두 작가인 김시습의 면모를 보여준다고 할 수 있다. 이중, 「남염부주지」라는 작품을 작가의 사상적 측면이 적극적으로 반영된 것으로 보는 견해가 많다. 이에 대해 좀더 구체적으로 생각해 보되, 특별히 「남염부주지」에 드러나는 여러 사상 중에서 어느 것을 작가가 드러내고자 했는지, 혹은 비판하고자 했는지 작품을 꼼꼼이 읽고 정리해 보자.

셋째, 『금오신화』를 이야기하는 데 빠지지 않는 논쟁 거리는 중국 『전등신화』와의 관계이다. 초기에는 『금오신화』가 『전등신화』를 일방적으로 모방하였다는 시각이 있었으나, 오늘날에는 『금오신화』만의 독창성이 크게 인정받고 있다. 그렇다면 『전등신화』와 『금오신화』를 비교해 읽어보고, 『금오신화』만의 독창성이나 우수성을 어느 점에서 찾아볼 수 있는지 생각해 보자.

넷째, 이른바 '한문문명권'에 속하던 다른 나라의 작품들 중에는 『금오신화』나 『전등신화』와 같은 '전기소설'이라는 유형의 문학 양식이 존재했을 가능성이 충분하다. 이중, 월남(베트남)의 『전기만록』이라는 작품집이 앞서 『금오신화』와 『전등신화』와 비슷한 유형의 것으로 알려져 있는데, 이 작품을 읽어보고 지리적·역사적 환경이 다른 데서 오는 차이를 느껴보도록 하자.

다섯째, 「만복사저포기」나 「이생규장전」은 귀신이라는 다른 세계의 존재와 인간 사이의 애정문제를 다루고 있다. 그러나 하나같이 짧은 행복을 누리고서는 주인공이 사라지거나 죽음을 맞이한다. 귀신과 인간의 초현실적인 사랑은 결국 현실에서는 이루어지지 못하는데, 이것이 작품의 비극성과 낭만성을 강조하려는 의도인지, 아니면 다음 생이나 저승에서의 만남을 기약하는 생산적인 의미를 갖는 것인지 생각해 보자.

여섯째, 프로이트는 사람에겐 두 가지 본능이 있다고 했다. 즉 삶의 본능과 죽음의 본능이 그것이다. 사람은 살고 싶은 욕구와 함께 죽고자 하는 욕망도 함께 가지고 있다. 그런데 사람에 따라서는 죽음의 욕망이 강한 사람이 있고, 삶의 욕망이 강한 사람도 있다. 이는 주로 그 사람의 성장기 환경에 의해 좌우된다. 즉 불우한 환경에서 자라느냐, 행복한 환경에서 자라느냐에 따라 그의 성격이 형성된다는 것이다. 그래서 죽음을 사랑하는 성격의 사람은 죽음을 사랑하게 되고, 삶을 사랑하는 사람은 산 것을 사랑하게 된다는 것이다.

『금오신화』에서 산 사람이 죽은 사람과 사랑을 나누는 것은 무엇보다 작가 김시습에게 그 원인을 돌려야 할 것 같다. 김시습은 삶보다 죽음을 더 사랑하는 사람이기에 작품 속에서 산 사람보다는 죽은 사람과 사랑하는 이야기가 많이 나타나는 것이다. 김시습은 어떤 환경에서 자랐기에 이렇게 죽음을 더욱 사랑하게 되었는지를 알아보자.

작가 연보

1435(1세, 세종 17) :서울의 성균관 북쪽에서 태어나다. 태어난 지 여덟 달
만에 글을 알았으며, 최치운(崔致雲)이 '時習' 이라는 이름을
지어주었다.

1437(2세, 세종 19) : 한시를 짓기 시작함.

1439(5세, 세종 21) : 이계전(李季甸)의 문하에서 『중용』과 『대학』을 배우
다. 조수(趙須)에게 '열경(悅卿)' 이라는 자를 받음.

1447(13세, 세종 29) : 대사성(大司成) 김반(金泮)의 문하에서 『논어』, 『맹
자』, 『시경』, 『서경』, 『춘추』를 배우다.

1449(15세, 세종 31) : 어머니가 세상을 떠나다.

1454(20세, 단종 2) : 남효례(南孝禮)의 딸을 아내로 맞이함.

1455(21세, 세조 원년) : 단종의 폐위 소식을 듣다. 서적을 불태우고 방랑
길에 오르다. 이때 중이 되어 이름을 '설잠(雪岑)' 이라 하였다.

1458(24세, 세조 4) : 「탕유관서록후지(宕遊關西錄後志)」를 지음.

1460(26세, 세조 6) : 「탕유관동록후지(宕遊關東錄後志)」를 지음.

1463(28세, 세조 9) : 「탕유호남록후지(宕遊湖南錄後志)」를 지음. 효령대
군의 권고로 '법화경' 의 언해 사업에 참가함.

1465(31세, 세조 11) : 금오산 기거에 들어가다. 원각사 낙성식에 참석함.

1468(34세, 세조 14) : 「산거백영(山居百詠)」을 지음. *1465~68년 사이
　　　　에 『금오신화』를 지었을 것으로 보인다.

1472(38세, 성종 3) : 「고금제왕국가흥망론(古今帝王國家興亡論)」 등의
　　　　논변류의 글을 지음.

1473(39세, 성종 4) : 금오산으로부터 돌아와 도성의 동쪽에 은거함. 「유
　　　　금오록(遊金鰲錄)」을 지음.

1476(42세, 성종 7) : 「산거백영후지(山居百詠後志)」를 지음.

1481(47세, 성종 12) : 머리를 기르고 환속함. 안씨를 아내로 맞음.

1483(49세, 성종 14) : 안씨와 사별함. 「육경(六經)」, 「자사(子史)」 등의 많
　　　　은 서적을 싣고 관동 유람을 떠나다.

1485(51세, 성종 16) : 〈독산원기(禿山院記)〉를 지음.

1493(59세, 성종 24) : 3월, 충청도 홍산현(鴻山縣) 무량사에서 죽음.

1511(중종 6) : 왕명으로 유집들을 모아 개간함.

1582(선조 15) : 왕명으로 이이(李珥)가 『김시습전』을 지어 바침.

1782(정조 6) : 이조판서에 추증됨.

1784(정조 8) : '청간(淸簡)' 이라는 시호가 내려짐.

베스트셀러한국문학선

소담의 〈베스트셀러 한국문학선〉은 우리 문학으로 떠나는 뜻깊은 여행입니다

	제목	저자	정가	내용
1.	무정	이광수 지음	값 5,500원	근대 문학사상 최초의 장편소설로 평가되고 있는 무정은 1918년 당시 최고의 시대적 선(善)이었던 계몽사상을 현실성 있게 묘사하고 있다. 우리 문학을 이해하고 문학과 시대의 관계를 이해하는데 '첫 발' 이 되는 작품이다.
2.	배따라기	김동인 지음	값 5,000원	유토피아를 꿈꾸는 '나' 의 이야기와 오해 및 질투로 인하여 사랑하는 사람들을 모두 잃은 '그' 의 이야기를 '배따라기' 라는 노래로 접합시킨 완벽한 액자소설이다. 순수한 미의식과 예술적 기교가 잘 조화된 우리 근대 단편문학의 한 전형을 이룬 작품으로 평가되고 있다.
3.	표본실의 청개구리	염상섭 지음	값 4,500원	한국 최초의 자연주의 수법에 의하여 쓰여진 작품으로 알려져 있다. 그러나 오늘날은 사실주의 문학의 기점으로서 재조명되고 있는 독특한 작품이다. 3. 1운동 직후의 허무주의적 절망과 우울 속에 침체되어 있는 지식인의 고뇌가 묘사되어 있다.
4.	사랑방 손님과 어머니	주요섭 지음	값 4,000원	사회 현실 문제에 남다른 관심을 보였던 주요섭의 대표적인 단편 작품이다. 어린 소녀의 눈에 비친 성인 남녀의 사랑문제가 서정성 강하게 나타나지만 그 이면에 풍속적 한계를 인식한 젊은 과부의 애욕의 고뇌와 체념이 읽혀진다.
5.	운수좋은 날	현진건 지음	값 4,500원	사실주의 작품으로 꾸민 이야기라는 느낌보다는 실상을 보는 듯이 선명하게 제시하여, 이야기 안에 흐르는 필연성이 독자들에게 긴박성과 함께 진실성을 발견하게 한다. 반어적 결말을 통해 놀라운 감동을 주는 현진건 소설의 백미이다.
6.	물레방아	나도향 지음	값 4,500원	가난과 상실의 문제를 주로 다뤘던 1920년대 우리나라 사실주의의 대표작이다. 식민지 시대 우리나라 농촌의 구조적 가난과 전통적인 성윤리 의식의 변질이 맞물려 빚는 갈등, 그 갈등이 고조되어 죽음으로 해소되는 과정을 잘 보여주고 있다.
7.	화수분	정영택 지음	값 4,000원	계속 재물이 나오는 보물 단지인 '화수분' 이라는 이름을 가진 주인공은 이름과는 반대로 가난하고 무식하지만 스스로 희생하면서 어린 생명을 구한다.
8.	상록수	심훈 지음	값 5,000원	채영신과 박동혁이라는 두 주인공의 농촌 계몽운동을 통해 1930년대 농민운동의 실천적 의지를 일깨워 준 심훈의 대표작이다. 농촌 갱생을 위해 희생적으로 봉사하는 의지적 인물을 묘사한 작품이다.
9.	메밀꽃 필 무렵	이효석 지음	값 5,000원	소설을 시적 서정성으로 승화시키는 데 성공한 '분위기 소설' 이다. 장돌뱅이 허생원의 애수가 산길, 달빛, 메밀꽃, 개울로 연결되면서 신비스런 배경의 분위기와 함께 낯익은 한국 정서로 눈앞에 선명하게 펼쳐진다

제목	저자	정가	내용
10. 동백꽃	김유정 지음	값 4,500원	우리 문학사에서 고전의 골계미 전통을 1930년대에 현대적 기법으로 소화시켜 창조적으로 계승한 김유정의 해학미 넘치는 작품이다.
11. 태평천하	채만식 지음	값 5,000원	채만식은 30년대 식민지 시대의 인텔리, 더 넓게는 궁핍한 한국민 전체의 삶의 양상을 '기성품 인생'으로 지칭하고 있다. 독자적인 사설조 문체미로 돋보이는 그 풍자 속에는 준엄한 자기 성찰과 비판의식이 깃들어 있어 진실성 있는 작가 정신을 엿볼 수 있다.
12. 탈출기(외)	최서해(외) 지음	값 5,000원	「탈출기」는 편지로 엮어진 작품으로 박군이 김군에게 집을 떠난 이유를 밝히고 있다. 이무영의 「제1과 제1장」, 박영준의 「모범 경작생」, 김정한의 「사하촌」 등이 수록되었다.
13. 날개(외)	이상(외) 지음	값 4,000원	28세로 요절한 이상의 실험적인 작품으로 일제의 억압 속에서 아무것도 할 수 없는 한국인의 모습을 절망적 풍경으로 묘사하고 있다. 유진오의 「김강사와 T교수」, 박태원의 「소설가 구보 씨의 일일」 등이 수록되었다.
14. 무녀도	김동리 지음	값 5,000원	「무녀도」는 우리의 재래적 토속신앙인 무속의 세계가 도도한 역사의 변화 앞에서 쓰러져 가는 모습을 그린 작품이다. 「황토기」, 「등신불」 등 6편이 수록되어 있다.
15. 소나기(외)	황순원(외) 지음	값 5,000원	서정성이 높고 절제된 문장미와 소설 구성의 세련된 기교로 인해 미적 감동을 유발시키는 황순원의 작품으로 누구에게나 한 번쯤 있었음직한 어린 날의 그리운 추억을 느낄 수 있게 하는 이야기이다. 계용묵의 「백치 아다다」, 정비석의 「성황당」 등 14편이 수록되었다.
16.17. 흙(상, 하)	이광수 지음	값 각 4,000원	이광수의 흙은 귀농사상(歸農思想)을 주제로 하여 쓴 계몽소설로서, 흙을 소재로 하여 민족혼을 간직하지만 가난하고 무식한 농민을 위하여 계몽자, 설교자의 자세를 취한 작품이다.
18. 무영탑	현진건 지음	값 6,000원	현진건의 「무영탑」은 경주 불국사 석가탑을 소재로 하여 숭고하고 우아한 예술의 극치를 완결해 가는 과정에 있어서의 예술가의 집념과 고뇌의 모습을 제시하는 역사소설이다.
19. 금수회의록(외)	안국선(외) 지음	값 5,500원	일반 대중에게 신시대의 이념을 고취시키고자 목적을 둔 계몽주의적 신소설인 「금수회의록」과 「자유종」을 비롯하여 남녀의 애정 모티프의 신소설인 「추월색」, 「설중매」도 소개하고 있다.
20.21. 탁류(상, 하)	채만식 지음	값 각 4,000원	1930년대 한국 사실주의 문학에서 가장 큰 금자탑을 이룩한 채만식의 대표적인 장편소설이다. '여인의 일생형'에 속하는 작품으로, 한 여인의 수난사를 줄거리로 하면서 1930년대의 세태와 하층민의 운명을 폭넓게 그리고 있다.
22. 환희	나도향 지음	값 5,000원	신여성 이혜숙과 기생 설화를 중심으로 한 두 개의 삼각관계가 펼쳐진다. 「환희」는 나도향 초기 낭만 문학의 대표작으로, 신비적이고 낭만적인 죽음의 미의식이 돋보인다.
23. 인간문제	강경애 지음	값 5,000원	「파금(破琴)」과 「어머니와 딸」을 통해 많은 사람들의 주목을 받은 여류작가 강경애의 대표작이다. 선비라는 최하층 여성의 수난을 통해

제목	저자	정가	내용
			1930년대적 한국의 참상을 고발하고 인간다움의 회복을 절규하는 강경애 문학의 핵심이다.
24.25. 사랑(상, 하)	이광수 지음	값 각 4,000원	현실의 물질적 이해 관계와 육체적 욕망을 초월한 이상주의적 사랑을 그린 계몽주의적 소설이다.
26. 삼대	염상섭 지음	값 6,500원	조부 조의관, 아버지 조상훈, 아들 조덕기의 삼대에 걸친 가계의 전개를 통해 식민지 사회의 현실을 제시함으로써, 당대의 사회적 변천과 정신사의 이면을 함께 묘사한 1930년대 가계소설의 대표작으로 손꼽히는 작품이다.
27. 백범일지	김구 지음	값 5,500원	민족사상을 고취하는 한민족의 필독서로, 세월이 지나도 그 가르침이 퇴색되지 않는 고전이 된 「백범일지」는 변치 않는 김구의 애국심이 그대로 나타나는 작품이다.
28. 진달래꽃	김소월 지음	값 4,500원	우리나라의 '국민 시인' 김소월의 170여 편의 시를 모아 엮었다. 소월의 시는 충족 속에 여물어 보지 못한 전통적인 한(恨)이 묻어난다. 짧은 서른 생의 주옥 같은 파편들을 만날 수 있을 것이다.
29. 하늘과 바람과 별과 시	윤동주 지음	값 4,000원	윤동주의 시는 어두운 시대를 살면서도 자신의 명령하는 바에 따라 순수하게 살아가고자 하는 내면의 의지를 노래하였다. 자신의 개인적 체험을 역사적 국면의 경험으로 확장함으로써 한 시대의 삶과 의식을 노래하고 있다.
30. 님의 침묵	한용운 지음	값 4,000원	우리를 일깨우는 민족의 종, 역사의 종, 자유의 종으로 상징되는 만해의 시 90여 편을 모았다. 만해의 시는 험난한 역사를 살아가는 예지와 용기를 가르쳐 주며 현실적인 생의 어려움을 극복할 수 있는 신념과 희망을 불러일으켜 준다.
31. 나도향, 유진오 단편집	나도향, 유진오 지음	값 5,500원	낭만적이면서도 객관적 사실주의 경향의 작품을 쓴 나도향과 사실적인 현실 표현으로 세태 풍자적인 작품을 쓴 유진오의 단편집.
32. 김유정, 채만식, 이효석 단편집	김유정, 채만식, 이효석 지음	값 6,000원	우리 민족의 '한'을 웃음과 울음이라는 상반된 감정으로 표현한 김유정, 풍자문학을 통해서 왜곡된 사회적 부조리를 꼬집은 채만식, 자연의 서정성과 반문명적인 아름다움을 내포하는 작품을 쓴 이효석의 단편들을 모았다.
33. 수난 이대(외)	하근찬(외) 지음	값 5,500원	전쟁의 광포함을 따뜻한 애련의 정서로 여과시켜 표현하는 「수난 이대」는 우리에게 소박한 휴머니즘을 전달한다.
34. 혈의 누	이인직 지음	값 5,500원	정치적 성향이 짙으면서도 동시에 애정문제와 같은 내용을 포함시켜 흥미성을 추구한 이인직의 작품세계를 가장 잘 조화시킨 작품 「혈의 누」는 신소설의 대표작이라 할 수 있다. 「은세계」, 「모란봉」 수록.
35. 우리들의 일그러진 영웅	이문열 지음	값 5,000원	국민작가로 불리는 이문열의 대표작으로 세계 여러 나라에 번역, 출간된 작품. 사회의 왜곡된 의식구조와 권력 형태를 엄석대와 5학년 2반 급우들을 내세워 일종의 우화(寓話) 수법으로 그려내고 있다.